◆◇ 中国文学名家散文精选丛书

故土家园

林晓文　著

江西高校出版社
JIANGXI UNIVERSITIES AND COLLEGES PRESS

南　昌

图书在版编目（CIP）数据

故土家园 / 林晓文著. -- 南昌：江西高校出版社，2025.6. -- (中国文学名家散文精选丛书). -- ISBN 978-7-5762-5676-5

Ⅰ. I267

中国国家版本馆CIP数据核字第2024Q8K315号

责 任 编 辑　付美玲
装 帧 设 计　夏梓郡

出 版 发 行　江西高校出版社
社　　　　址　江西省南昌市新建区工业二路508号
邮 政 编 码　330100
总 编 室 电 话　0791-88504319
销 售 电 话　0791-88505090
网　　　　址　www.juacp.com
印　　　　刷　鸿鹄（唐山）印务有限公司
经　　　　销　全国新华书店
开　　　　本　650 mm×920 mm　1/16
印　　　　张　13
字　　　　数　160千字
版　　　　次　2025年6月第1版
印　　　　次　2025年6月第1次印刷
书　　　　号　ISBN 978-7-5762-5676-5
定　　　　价　58.00元

赣版权登字-07-2024-928

目 录
CONTENTS

第三辑
故园·故痕

第一辑

故园·故人

咏春楼与「水进士」曾萼

1

踏访平和土楼，黄田是绕不过去的一站。在不久前举办的第十四届蜜柚节中评选出了平和县的"十佳名楼"，其中"咏春楼""龙见楼"均在黄田村，可见黄田土楼群在平和县内具有举足轻重的地位。黄田是个拥有近4000常住人口的大村，村民多姓曾。从地理位置上看，黄田村位于"中国历史文化名镇"——九峰镇的西南，九峰镇自明正德十三年（1518年）平和自置县起即为县治所在地，至1949年7月，县政府外迁至小溪镇，长达四百余年的县治经历为这一方沃土沉积了深厚的历史文化底蕴。水流丰沛的韩江支流九峰溪如飘带般绕村而过，使黄田村与九峰镇一衣带水、唇齿相依。据载，黄田自元代起就有先民开村筑基，又受九峰镇数百年县邑文化的辐射和濡染，这里的人文也便逾发浓郁。据统计，黄田村现存7座各式土楼及10余座家庙，形成了布局合理、传统建筑风格独特的旧民居群，并于2015年被列为福建省首批传统古村落。

咏春楼位于黄田村中部，是黄田诸多传统民居中极具代表性的一座土楼建筑。从外观看，其为前方后圆的"D"字形三层土楼，坐西向东，南北宽约52.2米，东西深约50.5米，大门为花岗岩条石方框套拱券门，门前铺有五级垂带踏跺，原拱券门高3.4米、宽1.97米，后有堪舆师指出缺陷，遂改为高2.14米、宽1.25米的方形门，装有内外两副木门扇，外门扇略高过方形门，内门扇则与原拱券门齐高，门扇均以铁皮覆面。门楣处嵌有一巨大石雕匾额，但因岁月久远，匾额已自中间裂成两半，中间为阴刻楷书"咏春楼"三个大字，右边题款"乾隆庚寅夏月"，左边落款"谭尚忠书"；匾额两侧又分别镶有"福星""禄星"的浮雕图案；匾额下方则为两枚雕有麒麟纹饰的方形门簪；匾额上方另嵌有一八卦图案彩绘浮雕，然其上字迹已模糊难辨。大门正对的是宽4.35米的门厅，走过门厅，面向的是长15.1米、宽13.8米的长方形楼埕，地面则由长条石铺设规整，西南隅有一水井，井沿覆以石板，仅留两汲水孔可供双人同时打水。楼内平面合共36个开间，设有6个大单元门楼和2个小单元侧门，隔楼埕与门厅对望的明间系曾氏祖堂"敦敬堂"，为二进大厝式建筑，前落屋顶现已塌毁，后落尚保存完好，中厅供奉着曾氏先祖的牌位，屋顶悬有一块"敦敬堂"匾额和一块"进士"匾额。

跨进门厅右侧一大单元门楼，迎面而来的是一个狭长的小天井，穿过小天井边的门廊，眼前又是一个长方形的大天井，据仍住于楼内的曾姓主人介绍，这是咏春楼内极具代表性的一个大单元，合共5个开间，底层沿天井四周分别为灶间、饭厅、会客厅，后侧还配有贮藏室、谷仓等，用红砖垒砌墙体，红色方砖铺设地面，因而颇为奢华。主人指着楼梯旁一个与二层楼板齐高的大谷仓说："这个大谷仓装满谷子，可供全家人吃上一整年。"二、三层各有5间居室，地板亦铺以红色方砖，居室外临窗一侧有连廊相通，窗外又设有板棚凉台，可供晾晒衣物。临窗眺望，楼内景致一览无余。走出大单元，又进入门厅边厢的一个侧门，这是一个单开间的小单元，仅有一个小天井与前后两进落相连，后落同样有一副楼梯通往二、三层，每层各一间居室。由此可见，咏春楼的房型结构有大户型、小户型之分，以满足不同住户的需求，与现代城市的地产房型设计颇有异曲同工之妙。尤其是大单元户型设有入户小天井和内庭大天井，形成曲径通幽、别有洞天的巧妙格局，这也是咏春楼在众多土楼中绝无仅有的独特之处。

2

从门楣处的匾额题款可知，咏春楼大概修建于乾隆庚寅年（1770年）前后，迄今已有大概250年历史。有史可考，当年题写楼名的谭尚忠乃一位曾经官至吏部左侍郎的清代文学家、书法家，那么如此位高权重的大人物，如何肯来到闽南的山沟沟里为一座籍籍无名的土楼题写楼名呢？

这得从咏春楼的修建者曾萼说起。

据清代道光黄许桂版《平和县志》及《武城曾氏族谱》等史料记载，曾萼（1721—1797年），平和县九峰人，乾隆十六年（1751年）辛未科进士，因乳名"阿水"，人称"水进士"。曾萼为官十数载，历任恩平等五县知县，直隶连州、梅州等知府，以清正廉明为百姓称道，每到一处即兴修水利、整饬民风，他重视教育，亲自办学执教，故而深受百姓爱戴。尤其在任恩平知县时多有政绩，留下诸多故事与传说，期间曾"捐俸卜地"主持修筑熙春塔，后成为"恩平八景"之一。后因心忧家中父母年迈需要照护，又不喜官场迎来送往之风，曾萼早有归隐之意，终在梅州知府任上"临梅八阅月，告归从养"，回到老家黄田村咏春楼，与父母亲人聚族而居，晚年尽享田园之乐。

谭尚忠（1722—1797年），江西南丰人，为官四十多年，始终清正廉明、不畏权势，后因忤逆权臣和珅，于安徽巡抚任上被贬为福建按察使，后累次升迁，于嘉庆二年（1796年）卒于吏部左侍郎任上。据《清朝进士题名录》考证，谭尚忠为乾隆十六年（1751年）辛未科三甲第四十三名进士，曾萼则为辛未科第一百三十九名进士，故两人有同科之谊，又皆为当时颇有政绩的一代廉吏，也便互为交好。1770年修筑咏春楼之时，曾萼正在信宜知县任上（下半年升任广州府海防同知），适逢谭尚忠署理广东高廉道，一来俩人在仕途有所交集（信宜应属高廉道管辖范围），二来两人交情匪浅，故听闻曾萼老家修筑土楼需要题写楼名匾额时，谭尚忠便欣然挥毫题下"咏春楼"三个遒劲大字。因其书法别具一格，在当时颇具盛名，故令这座偏远山村的土楼增添了几许厚重的文化气息。

今人传言曾萼为官时俸禄"日进纹银一斗"，告老还乡后始建咏春楼，并请当时的吏部尚书谭尚忠题写楼名，显然这与史实并不相符。曾萼告老还乡的时间是乾隆甲午年（1774年），此时距咏春楼落成已过4年；据《钦定大清会典事例》记载，清代四品官年俸为105两白银、禄米105斛，外加2400两养廉银（从四品知府），这样的俸禄固然丰厚，但说为官清廉的曾萼"日进斗银"未免有些夸张。可以肯定的是，曾萼对于咏春楼的修建是有巨大贡献的；另查阅钱实甫所著的《清代职官年表》，谭尚忠的仕途止步于嘉庆二年（1796年），由吏部右侍郎转任吏部左侍郎，故传言谭尚忠为"吏部尚书"也与史实不符。至于传说中曾萼和谭尚忠早年曾师出同门、曾先于谭金榜题名、曾在为官后对谭有相助之恩，后谭尚忠仕途得意时反过来帮助曾萼等传说亦不可信，须知曾萼与谭尚忠乃同科进士，故并无登科先后之说。

史载曾莘为官清廉，被后世誉为"廉政公"，每到一处均颇有美名，深受百姓的爱戴，其于梅州知府任上告归之时，梅州百姓曾极力挽留，以至于出现"梅士庶攀辕遮道，赠诗数百"（见道光黄许桂版《平和县志·人物志》）之状。回到黄田村后，曾莘于事孝双亲之余，又在咏春楼左侧修筑一座名为"艮园"的学馆，教授族中子弟，"为善孳孳勉人进德新"。后父母相继去世，曾莘便在咏春楼前的"思岩居"读礼、守孝三年。因黄田村离县治仅咫尺之遥，故常有官绅登门造访，而性情恬淡的曾莘实在不堪其扰，遂于乾隆丁未年（1787年）另辟清静之所，举家迁往60里外的长乐乡农家村农桑寮，由此真正过起了避世安居、闲云野鹤的归隐生活，直至七十七岁终老。

3

相对于迎来送往的官场做派，曾莘更向往着萧然物外的平淡生活。其致仕归家后，勤于开馆授徒、吟诗作赋，不但有《易卦阐义集》《咏归集》等传世诗作，也为后世留下了良好的家风传承，其如"读书志在圣贤，为官心存君国""人生须积善，和气自致祥""汝辈事业无穷，勉作好人，无贻家门羞"等治家箴言，几百年来一直勉励着无数的后辈，至今仍被悬挂于黄田村曾氏家训家风馆中。深受县邑的政治文化熏陶，黄田曾氏族人勤勉好学蔚然成风，仅清代200多年时间里就出现了以曾莘、曾逊渊为代表的2位进士、21位举人。时至今日，在黄田村的各个角落，仍散落着数十副旌表历朝曾氏贤才科举功名的旗杆石，与黄田村遗存的众多古色古香的传统民居互相呼应，成为黄田村自古以来文风鼎盛的真实写照。

与众多闽西南土楼一般，咏春楼在岁月的侵蚀下已如风烛残年的老人，部分单元因无人居住现已坍塌破败，观之令人扼腕。走出咏春楼，在黄田村的巷陌间穿行，脚踏的是经历了亘古岁月的卵石路面，身边交替入目的是比肩而立的土楼和旧宅院，时不时又有一幢幢现代楼房映入眼帘，新旧建筑杂然交错，有纷繁错杂的时空穿越之感。在乡村经济发展得越来越好的今天，村民纷纷对赖以安家的居所进行了自发的改造扩建，导致许多传统建筑被现代楼房所替代，乡村风貌也渐渐失去了传承千百年的传统韵味，难以寻回旧时光里的记忆了。

何其幸运！就在我踏访咏春楼之际，福建省人民政府刚刚公布了第九批省级文物保护单位名单，由咏春楼、联辉楼、聚顺堂、龙见楼、衍庆楼等5座土楼组成的黄田土楼群赫然在列，这为今后保护性开发咏春楼、龙见楼等黄田土楼群，使其免遭毁灭性破坏提供了有力的政策依据。相信在不久的将来，咏春楼及众多的黄田土楼将迎来新的发展机遇，令黄田这个三面环水的古老村落焕发出崭新的光彩与独特魅力。

（《闽南风》2019年7月号）

1

长乐乡地处平和县西部边陲，西与广东省大埔县接壤，北靠龙岩市永定区，素有"两省三县地"之称，是个具有光荣革命传统的重点老区，也是闽粤文化交汇之地，当地方言中闽南话、客家话混杂。此地多崇山峻岭，河流自东向西迂回汇入韩江，乡政府所在地距县城64公里，距平城和县最远的乡镇，故乡人往来闽粤州府殊为不便，外出者常以一句"心平和，人长乐"来抒发游子思乡心境。

自长乐乡政府所在地往北，沿绕山村道曲折蛇行，道路右侧是层林叠翠的山峦，左侧则是流水潺潺的溪涧，车行其间，既有穿越崎岖险峻的惊悸，又有移步换景的畅意。好在新修不久的水泥道路路况尚可，一路前行也便有惊无险。大约走了13公里，海拔渐高，林木愈加幽深，兀地峰回路转，眼前的山坳处有田园陇亩横亘其间，又有灰瓦白墙屋舍隐现，却是避世幽居，远离尘世喧嚣的一处"世外桃源"——这就是此行的目的地，位于长乐乡农家村的农桑寮。

2

农桑寮与龙岩市永定区湖山乡、广东省大埔县大东镇山水相依,属长乐乡的极北之地,是个名不见经传的客家小村落。而吸引我循踪踏访的,是农桑寮一座存在了230多年的老屋——望云楼。

乍看过去,望云楼与闽西南山区常见的传统民居瓦房建筑并无二致,若说有何特殊之处,就在于其结构由主屋、护厝再加外边的一排半圆形围屋构成。主屋为二进三开间合院式结构,前落单层,后落两层,中间以一个长方形天井隔断,呈坐北朝南格局,正门上方门楣处墨书"望云楼"三个大字,两侧墨书一副对联——"望重岳山齐家治国,云轻富贵解甲归田",字迹为近年重新描摹。主屋东西两侧各有一栋两层高的护厝相连,东侧护厝坐东朝西,西侧护厝坐西朝东,与中间主屋形成一个整体;护厝外墙隔一条约两米宽的巷道,巷道外又各有一排三进式的横屋相向而立,横屋前落和中落均为单层,后落两层,中间有两个小天井作隔断;两边横屋中落又顺山势向北延伸,在主屋后侧连接成一个半圆形的围屋,与望云楼主屋和护厝形成双肩抱拢之势,使整座望云楼成为一个圆中有方、疏密有致、巷道互通的特殊建筑群体。经现场测量,望云楼加护厝面宽约30米、进深17米,加上两边横屋,总体面宽约80米、深约30米,整个望云楼占地面积达到了2400平方米,颇具规模。整座望云楼主屋、护厝及横屋共计7道大门,均朝南而开。据悉,楼前原来还有围墙,围墙外有一个半月形水池,与后侧的半圆形围屋恰好形成一个圆月的形状。另在楼前西首筑有一座牌坊式门楼,经过岁月洗礼,现围墙与门楼均已塌毁无存,前方的半月形水池亦已被荒土填埋,杂草丛生。

步入望云楼，迎面而来的是个敞开式大厅，左右各辅一间侧室，正厅屏风悬挂着一个长方形匾额，内镶一件由黄绢绸布制作而成的圣旨复制品。该圣旨系乾隆二十六年（1761年），望云楼修筑者曾萼在任恩平县令期间乾隆皇帝褒奖其父母的诰封圣旨，内文由汉、满两种文字书写，记录的是诰封曾萼之父曾士敏为文林郎，封曾萼之母游氏为孺人的内容。农桑寮保存的圣旨共有两件，分别褒奖曾萼的祖父母、父母，原件现由农桑寮曾萼的九世孙曾祥庆兄弟收藏。这两份圣旨虽属依例诰封，但在山野农家得以传世保存至今，也颇为难得，可算是农桑寮曾氏的传家宝。我有意一观圣旨原件，无奈保管之人有事外出，又因我此行匆忙无法久等，终究错失机缘。

大厅除悬挂圣旨复制品外，两侧墙上又分别挂有一幅镜框牌匾，左边一幅为曾萼题录宋代张镃（字功甫）《梅品》文句："张功甫植梅三百本，花时居宿其中，环洁辉映，朗如对月，因名其堂玉照。"右边一幅为曾氏后人所书的曾萼家训："读书志在圣贤，为官心存君国；人生须积善，和气自致祥；汝辈事业无穷，勉作好人，无贻家门羞。"圣旨和曾萼所书的牌匾使望云楼增添了几分厚重的文化气息。

3

循着历史的履痕往前追溯，望云楼的修筑者系平和曾氏先贤、乾隆年间的进士曾萼。

此番前往农桑寮踏访望云楼的动念，源于我前段时间对关于曾萼的史料挖掘。曾萼（1721—1797年），字丽元，号清溪，平和县九峰人，乾隆十六年（1751年）辛未科进士，因乳名"阿水"，人称"水进士"。历任恩平等五县知县，直隶连州、梅州等知府，在任以清正廉明为百姓所称道。曾萼的生平事略，我曾在《咏春楼与"水进士"曾萼》一文中有过详述，这里不再过多着墨。乾隆甲午年（1774年），曾萼从梅州知府任上告老回乡，在由其修筑的隍田（今黄田）咏春楼中侍奉父母。据道光版《平和县志》载，曾萼父母于乾隆己亥（1779年）、甲辰年（1784年）相继去世，尽孝事毕，便"读礼'思岩居'。继得农山，构一庐，拮眷居焉。"而昔日的"农山"即后来的农桑寮。可以查证的是，曾萼于乾隆丁未年（1787年）举家迁往农桑寮，在此建造屋舍，真正过起了避世安居、闲云野鹤般的隐世生活。

曾萼出生在距平和县治仅五里之遥的黄田村，辞官归乡后又在黄田咏春楼住了十多年，可谓乡土之情甚笃。咏春楼规模宏大，建筑颇为精美，兼之黄田乃毗邻县邑繁华之地，无论外出访友还是居家生活均颇为便利。那么，曾萼何以放弃自己苦心修筑的华宅美院，举家迁居至遥远偏僻、荒无人烟的农桑寮呢？

据农桑寮曾氏后人曾祥庆介绍，曾萼为官清廉，在任时尤擅断悬案、疑案，从梅州知府任上告老归养后，乡间市井但凡遇讼事纠纷，皆喜前来请他评判，加上黄田与县署衙门近在咫尺，不但常有官绅登门造访扰其清静，而且衙门每每遇到涉及曾氏家族的难断案件，便常以尊重老知府意见为借口将其推给曾萼处理，而衙门则乐于当个甩手掌柜。曾萼早已厌倦官场做派，然辞官归养后亦有不问时政、无官一身轻之意，此时再沾手涉及族亲案件，却是勉为其难、不胜其烦了，若有心秉公处置，于族亲情面上过不去；若欲顾念族亲而有所偏袒，却又悖于法理，亦有违曾萼初心。于是他索性携家带口，去往离城六十里外的农山修筑起望云楼，来个惹不起躲得起，从此"足迹罕至城市"，真正过起了闲云野鹤般的隐居生活。

闽南、潮汕一带的乡村自古以来皆有供奉"伯公"的习俗，村头供"土地伯公"，田头供"田头伯公"，山上还有"牛伯公"等等，但据说在农桑寮却没有土地伯公的存在。个中缘由，或与当年曾莘开基农桑寮修筑望云楼有关。农桑寮地势偏远，四至皆为深山密林，人迹罕至，却有猛虎常出没附近村社噬害人畜，尤喜猎猪为食。曾莘初至农山荒野时，雇请当地山民修筑望云楼，夜间山民在工棚里和衣入睡后，恰逢猛虎出山觅食。据传猛虎吃人之前，须经土地伯公指定对象。是夜月朗星稀，土地伯公化身一长髯老者来到工棚，将一树枝置于鼾然入睡的山民身上作为标记。正秉烛夜读的曾莘听到动静，遂起身巡查，顺手将山民身上的树枝拿掉。不久猛虎进入工棚，因寻不到土地伯公的标记而无从下口，只好掉头离去。次日夜深，土地伯公又来到工棚里，这次改用瓦片作为标记，却仍旧被有所警觉的曾莘除去，猛虎又一次扑空。第三天晚上，土地伯公再次前来，未及在山民身上作下标记，就被躲在一旁的曾莘拿烟杆在头上敲了一记，并对他说："你身为土地伯公，受百姓供奉香火，理当守护一方平安，却三番两次为虎作伥，要你何用！"土地伯公被这一烟杆敲得头破血流，闻言也羞于领受百姓供奉，久而久之连土地庙都长满了白蚁。而猛虎也因受到惊吓落荒逃遁，自此往后农桑寮一带再无虎踪。

望云楼筑成后，曾莘携带家眷在此安居乐业。没了土地伯公，但一方土地仍需神灵守护呀，于是曾莘灵机一动，封了个"公王"作为农桑寮的守护神，又命人在村东首盖了一座小小的"永兴宫"供人祭祀，从此"公王"便成了农桑寮的另类"土地伯公"。

4

曾荨生性平和恬淡，自40岁出仕为官，因厌倦了官场逢迎和尔虞我诈，于54岁便早早弃官回归田园，仕途生涯可谓短暂。其一生经历及所追求的价值观，从望云楼大门上的对联"望重岳山齐家治国，云轻富贵解甲归田"可窥一斑。由繁华热闹的黄田咏春楼迁居至农桑寮，曾荨始终以"读书志在圣贤，为官心存君国""人生须积善，和气自致祥""汝辈事业无穷，勉作好人，无贻家门羞"等良言家训以示教子孙，勉励后辈踏实做事、本分为人，不但后人对其尊崇有加，在周边十里八乡亦有很高的威望。因曾荨乳名"阿水"，故在他科举高中后人称"水进士"，农桑寮曾氏后人至今仍称水为"泉"，烧水泡茶称"烧泉泡茶"，这也是"为尊者讳"的一种体现。

曾荨虽在山居避世，但其才学秉性仍然名声在外，山居时日渐长，便不断有人前来请教诗书礼义。曾荨在黄田咏春楼期间虽烦于杂事纷扰，但于教育一途却不含糊，他深谙教育的重要性，乐于用自己所学知识教化民生、哺育后人，看到附近乡民饱受知识贫乏之苦，便"设馆授徒，讲解不倦"，因此吸引了远近州县的乡民子弟前来求学，据闻学童多时曾达300余人，今望云楼东西两侧的横屋即为当时学馆处所，其中东侧为下学堂，西侧为上学堂，共计有数十间课室，数百书生齐聚，琅琅书声时常回荡于山间林坳，与燕雀齐鸣，成为一段美谈。

5

长乐乡地处闽粤交界，周遭多深山密林，由农桑寮往西数百米就进入广东境内，朝北翻过大山则是龙岩永定。独特的地理条件和淳朴的民风，使得这里在特定的历史时期成了播撒革命之火的一方沃土，刘永生、王直、熊兆仁、罗炳钦、张全福等老一辈革命者都曾在农桑寮一带留下足迹，给这方土地烙上了深深的红色印记，至今在农桑寮附近仍有"红军洞"等遗迹可供后人缅怀和追忆那段历史，说起当年父辈冒着生命危险为住在红军洞里的革命者传递情报、运送米粮药品的往事，住在望云楼内的曾氏族人仍对此津津乐道，以此为荣。

峥嵘岁月里，平静了一百多年的望云楼在反动势力的魔爪下亦难以独善其身。1935年秋，国民党中央军157师、158师从广东入闽进驻平和，对革命根据地和边沿游击区进行"清剿"时，放火将望云楼烧毁了大半，如今的望云楼前落廊柱仍留有当年烈火焚烧过的碳化痕迹；而在那个血雨腥风、烽火弥漫的年代，农桑寮人怀着赤诚之心前仆后继，为革命事业做出了巨大牺牲，人口也由300多人锐减了三分之二，只剩下100余人。解放后，生活渐渐安定的曾氏后人多次对望云楼进行修缮加固，终于逐渐恢复了其原貌，但后侧的围楼仍有三间因彻底塌毁难以复原，致使望云楼的整体性受到破坏，令人深以为憾。

农桑寮偏安一隅，离与其最近的农山村委会所在地尚有3公里路程，望云楼所在地的海拔约630米，周围环拥皆为近千米的高山，举目四顾，远山重隔，满目层林叠翠、竹影摇曳，时值夏末秋初，虽烈日当空却不觉燥热，这也是山居的妙处。遥想当年曾尊至此隐居，日观远山白云出岫，夜闻莺语如聆仙歌，定然享受了一番清静恬淡的山居之乐，体会到了陶渊明"采菊东篱下，悠然见南山"的怡然自得。两百多年来，其后裔大多在农桑寮安居乐业，如今已传11代共计70余户、300多个人口。近几十年来，曾氏子孙多有外出者，或搏击商海，或走上仕途，在各行各业中都不乏成就卓然者，但他们仍心系农桑寮，每得闲暇，游子们便会不顾旅途劳累返回故里，在望云楼烧沸一壶甘泉，泡上一盏清茶，与留守老家的父老聊些家长里短，谈些今古趣闻，也可谓其乐融融，温馨满屋了。

群山苍苍，流水泱泱，如斯岁月，倏然而往，白云生处望云楼，心安之处是故乡。昔时通往农桑寮的崎岖山道，如今已被水泥公路替代，那山那水便不再遥远。对于那些从农桑寮走出去的曾氏游子而言，若能得闲暇之时，回望云楼里得享片刻清趣，未尝不是一种福分吧！

（《闽南风》2019年11月号）

状元故里溪山寨

　　在此之前，我想当然地认为平和县境内的土楼大多分布在西北片区，对平和县东部的土楼分布情况也便未曾关注，故而这次邂逅溪山寨，可以说完全是无心插柳的惊喜。我习惯于使用地图软件来探索地理信息，日前在浏览平和县地形图时，鼠标偶然滑过文峰镇区，意外发现文峰溪畔有一片紧密环拥的闽南传统建筑群，其外围形态独特，既非纯粹的圆形，也非方形，而是呈现出一种独特的闭合状态，中间错落分布着十来栋形态各异的瓦房民居。我调出地图软件中的标尺工具简单测量了一下，建筑群的西北—东南直径约94米，东北—西南直径约90米，整体外围周长约270米，这样大的规模，在土楼家族中并不多见。这个无心插柳的发现，使我萌生出说走就走，前往一探究竟的冲动。

　　当下从漳州城驱车出发，沿着355国道西行半个多小时便到了文峰镇的岔路口，朝镇区方向继续前行约500米，看到左侧路边的桥头竖着一块巨石，上面刻着"溪山状元故里"6个烫金大字。左拐过了溪山桥，溪山寨就在眼前。

平凡溪山寨，林氏世居地

从外观上看，溪山寨与一般土楼并无不同，夯土为墙，灰瓦覆顶，外墙闭合形成一个整体。但细看发现其又有别于平和县内的其它土楼。严格来说，这是一座不规则的单环土楼，楼高二至三层不等，外围平面共计六十四个开间，每个开间独立成户，部分遗存的三层内墙外设有悬空式木连廊。单元内底层含墙进深不足8米，二、三层进深更窄，显得室内空间十分逼仄。整座溪山寨共设有四道大门，一道朝东，一道朝南，两道朝西，均为方形条石双门框结构，因门上未见楼名匾额，只能从朝向判断，朝南的大门应为主门，其余各门为辅门。除了四道大门，在东北角另有一道巷道通往楼外。除了外围的环楼结构外，中庭区域还分布着十余栋单层瓦房，这些瓦房以不同的方向排列，使得整个楼内空间呈现出一种错综复杂的巷陌布局。其中单体较大的一栋为林氏宗祠崇本堂，那是一栋二进三开间的庙宇式建筑，建筑面积约800平方米，坐北朝南，大门正对溪山寨的南门，门前空地矗立着三副旗杆石，彰显着林氏历代先祖的功绩。宗祠的西侧另有一座坐东向西的单进式庙宇建筑，大门正对溪山寨的西南门，从门楣处横匾刻着的"溪山寨观音庙"几个大字可知，这是一座佛教寺庙，供奉的是观世音等佛教诸菩萨。在闽西南土楼中，楼内配建宗祠是常见的现象，但在楼内同时建有佛教寺庙却较为罕见，至少在我走访过的土楼中还未发现过这样的布局。此外，就在观音庙的北侧，正对溪山寨西北门处据说原来另有一座方形楼，可惜如今方楼已毁，仅余一道花岗岩拱券门和半堵石砌残墙，以及门前的七级垂带踏跺。溪山寨的整体布局独特，形成了寨中有楼、楼外有屋、屋边有宗祠的寺庙的复杂格局，既展现了整座围楼的规模宏大，又兼具了城池的部分功能。

溪山寨修筑于何年现已很难考证，而从林氏宗祠崇本堂的介绍可知，溪山寨系文峰（浦仔）林氏祖居地。溪山林氏系闽林禄公苗裔，晋安十六世昌公之后廷玉公所传。据溪山旧族谱记载，始祖十四郎公，讳琦，字廷玉，泉州府晋江县人，一子讳和忠，字道荩，号雅斋，以孝廉应大元礼聘漳州路知南胜县事，因染奇疾而卒于官。胤嗣舍人（其子）敦确公，遂入县籍，居琯溪上坂（今小溪镇坑里村境内），至五世孙仕生公、六世孙乾义公，始卜居文峰镇文洋村大墩社，并由仕生公在大乾社建祠屋，置祭田。后人又在文洋村建大宗溪山祠堂，尊和忠公为一世祖，世称溪山林氏。历700余载，溪山林氏已传29代，主要分布在文峰镇的文洋、文美、黄井等地，并外迁至南靖、漳浦、华安和广东饶平、台湾彰化、台中等地，衍传甚广。由此可见，虽溪山旧族谱有关于林氏宗祠的记录，却找不到溪山寨修筑于何年代的记载，只能大致推断，溪山寨修筑年代大致为明末清初期间。

揭阳武状元，祖地在溪山

那么，溪山寨为何会被称为"状元故里"呢？纵览1300余年的中国古代科举史，平和域内并未出现过获取状元功名之人，唯一一位在1994年版《平和县志》所载的"清朝状元（1人）李咸光（乾隆庚辰恩科状元）"在史书上也找不到更多的记载。带着这个疑问，我走进了溪山寨中的林氏宗祠崇本堂。就在宗祠崇本堂的大厅内，我见到了一块"状元匾"，这是一块造型古朴的木质匾额，长约1米，宽约0.65米，中间刻有"状元"二字，落款为"翰林院经筵侍讲太学士吴士玉、戚麟祥为康熙辛丑科殿试第一名林德镛立"，左右两边及上方边框为双龙戏珠浮雕，下方雕有祥云图案。

史载，林德镛，字白庵，潮州府揭阳县棉湖（今属揭西县）人，参加了清代康熙六十年（1721年）辛丑科殿试获取武科第一名，是古代揭阳唯一的一位武状元，在《潮州府志》和《揭阳县志》中均有他的传略，他的事迹在揭阳民间可谓家喻户晓。相传他幼年丧父，家境贫寒，孤儿寡母相依为命，曾捡猪屎卖钱以度日，后随母至榕城谋生，被古乔林氏长房矩斋公裔孙收为义子，后定居西门。相传他"天资豪宕，臂力过人，能挽六钧之弓"，因自幼流浪，养成放荡不羁、喜打抱不平的性格，在西门一带颇有名气。曾被雇为船工，载货搭客往返于揭阳西门与棉湖之间，因其行船速度极快，常常后发先至，故被称为"飞凤渡"。当了三年船工却没领到工钱，迫于生计，又干过佣工、保镖、护院等多种辛苦活，也曾拜师习武，得到过少林拳师的指点。时有榕城武举人许登见林德镛身材魁梧、身手敏捷，便收他为家僮，一边指点武艺，一边教他兵书阵法，这使其武艺提升很快，打下了科考坚实基础。康熙五十七年（1718年），林德镛在丁酉科乡试中获第二名。康熙六十年（1721年）赴京会试并获得第九名，而吴士玉、戚麟祥正是辛丑武科会试主司。殿试时，康熙皇帝见林德镛身材魁伟、相貌堂堂，认为其应是忠义正直之人，兼之武艺超群，技压群芳，遂钦点其为第一名武状元，并赐其二等侍卫衔、乾清门行走，并加哈哈珠子扈。康熙皇帝到热河避暑时，对林德镛极为赏识，让他随行护卫。可惜林德镛因患风寒于康熙六十一年（1722年）英年早逝，未能施展才干，令人深为惋惜。林德镛状元及第之后，曾在榕城西门建造府第，所在街巷被称为"状元巷"，如今状元巷和林德镛故居尚存。

史书已然载明林德镛系揭阳棉湖人，那么他又怎么会与溪山林氏扯上关系，他的状元匾又为何会出现在溪山寨的林氏宗祠里呢？据溪山林氏宗亲多方考证，林德镛确系溪山林氏一世祖和忠公后裔，其先祖孔明公生弘德、弘仁二男，弘德公次子三平公出祖揭阳，开基普宁赤岗林厝堀（今属揭西县），传五代至林德镛之父始移居棉湖镇，状元公林德镛及其弟林德钦（乾隆四年登榜武进士）俱出生于棉湖镇米街青砖巷。追本溯源，林德镛祖籍与溪山林氏也算一脉相承，据说在他状元及第后，曾专程派人前往溪山寨寻根祭祖，并留下了这块光宗耀祖的状元牌匾。

昔时生息地，今日家风馆

再坚固的城寨，也抵御不了漫长岁月的侵蚀。偌大的溪山寨，在过去的数百年光阴里成为溪山林氏生息繁衍的屏障，他们世居溪山寨，靠着勤劳的双手，过着自己的幸福生活。在集体化年代里，溪山寨曾居住有三人村民小组600余人，直至近年，随着乡村经济的发展，人们的居住观念也发生了巨大变化，溪山林氏族人陆续搬出溪山寨，在周边建起风格各异的崭新楼房。如今的溪山寨，仅有十数位孤寡老人、五保户生活，使这座数百年来经历风雨的围楼也便显得逾加空旷了起来。

令人欣慰的是，近年来，在当地政府的支持与重视下，以打造状元故里品牌文化、助力建设富美乡村为契机，溪山寨的修缮保护工作终于被提上了日程，着力整治周边环境，沿着文峰溪南岸修建起了村民休闲公园，对溪山寨损毁部分进行维修加固，将中庭部分闲置建筑的外墙进行重新修缮粉刷，绘上壁画标语。同时，以"传承好家风、奉敬贤德人"为切入点，打造以林氏宗祠为主体的家训家风馆，内容涵盖林氏祖训、家训、家规、家风等，以及林氏孝、诚、廉、信相关典故，林德镛武状元典型事例，林氏孝子榜、贤才榜，林氏学堂等，建设内容丰富、形式多样，使其成为平和县的家风家训示范点，借以弘扬忠孝仁义的家风传承，勉励溪山林氏后人赓续前贤之路，履践以致远。

　　说起平和县的乡村地名，你未必知晓下石村，黄竹坑更是如此。只有提到桥上书屋，也许你才会恍然大悟："就是那座得过'阿迦汗'大奖的书屋啊，久闻其名了，早想有个机会去瞅瞅！"没错，桥上书屋就在平和县崎岭乡下石村，那是一个偏远僻静的小村落。更早以前，这里还不叫下石而称"黄竹坑"，一条蜿蜒曲折的小溪涧穿村而过，当地人习惯将小溪涧称为"坑"，又因溪边曾经遍植黄竹，故得其名。小溪涧向西汇入九峰溪，两溪汇流处形成一个"丁"字形汊口。相传有一位行走四方的风水先生曾至此堪舆，后留下一句"水出丁字口，富贵在山头"的诗谶。此事传开后，陆续有人迁居至此繁衍生息，石氏是为其一。

　　据《平和石氏族谱》记载，下石村石姓先祖世居漳浦濠浔，尝因社中多事，被官家胁迫，大约在明朝万历八年（1580年），下石村始祖魁耀公以六十一岁高龄携一门十七口远走他乡，跋山涉水至平和县东门外崎岭保黄竹坑开基耕作，居地号曰丰村。迄今已传十七代，除世居丰村外，后世亦分衍至下斜、草潭、时陂、崎南龙光陂等地，人口5000余。

下石村石氏曾建有多座土楼，然经过漫长的岁月蚀，如今仅余"到凤楼"保存较为完好，而"梳妆楼""霞龙楼"均已坍塌大半，另有一座四角楼则消失无踪。

到凤楼是一座简朴无华的通廊式圆形双环土楼，楼高四层，花岗岩条石方框套拱券门朝南而开，门宽1.73米、高2.98米。门框上方嵌有石制匾额，楼名为阴刻楷书"到凤楼"，两侧无题款，门柱亦未镌楼联。楼内共计24单元，单元含墙进深约12米，每个单元均独立开户，户内自设楼梯通往二层，三、四层需经由门厅左侧公共楼梯上下。楼内石埕直径约15米，中间置一方形水井，现井已干涸。由门厅左侧楼梯上楼，但见三层设有内通廊可环楼一周，各单元以木栅屏隔成房间；四层靠墙一侧亦设置有可环楼一周的内通廊，各单元均为开放式，未独立成间。由四层窗口外视，独具现代风貌的桥上书屋就映入眼帘，与到凤楼隔溪对望的中寨中庆楼亦清晰可见。站在四层内观俯视，楼内已然荒芜，内环屋顶更是已经坍塌无存，仅外环墙体及屋顶总体完好，可见到凤楼早已人去楼空，成为杂草滋长之所，尤其是长势繁茂的藤蔓植物爬满屋顶，成为倚仗土楼生息的另类"主人"。

到凤楼筑于何年已难考证，一来楼门匾额未曾注明，二来石氏族谱亦未详载，仅言及"下石土楼建于明末清初"。较清楚的表述则为石氏九世丹琦公"在丰村本乡建筑四角楼居住"，四角楼可视为下石村最早的土楼，惜今已无存。能够推断的是，到凤楼的建筑年代应会晚于四角楼。另据康熙版《平和县志•建置》中已有"黄竹坑堡，其堡不一，姓亦不一"之记载，其中之"黄竹坑堡"或与到凤楼不无关系。诚然，到凤楼筑于何年不必细究，但到凤楼曾经走出的一位"提督爷"石栋，却值得好好探究一番。

下石村以桥上书屋横跨的小溪涧为界，分别住有石、林两姓人家，石氏居于北岸，是为下石社（原"丰村"）；林氏居于南岸，是为中寨社。据传，小溪涧出水口处有两座小山包，北山似鼓，名唤鼓山；南山如旗，是为旗山。两山对望，呈摇旗擂鼓之气势，有人曾言："下石迟早出武将。"可以印证的事实是，南岸中寨社曾走出一个乾隆壬申科武进士林润秀，官至肇庆府守备，可算是人中龙凤了。对于中寨林氏出了个武进士，同样尚武好勇的下石石氏自然是羡慕的，直到咸丰年间，到楼凤终于诞生了"提督爷"石栋，这下两社可谓旗鼓相当了。《平和石氏族谱》中的"丰村住居顶戴者志名"记载："开泰公之五房曾孙讳栋，字任之，又字柱廷，嘉庆间，世袭恩骑尉，后省考，马步全射，入京引见数次，联捷升都司。道光三十年（1850年）又入京引见实授泉州府右营游击。咸丰元年（1851年）十一月，又署泉州中营参将，兼署中游击府。咸丰三年（1853年）又兼理陆路提督军门印务。"据此，下石渊源研究会于2012年8月在到凤楼前立一石碑："石栋故居，大清咸丰三年（公元一八五三年）石栋擢升为闽浙陆路提督，官居三品，出生于到凤楼正中屋，特予志铭。"

历史上石栋确有其人，据道光十三年版的《平和县志》载，石栋"以祖父琳阵亡，世袭恩骑尉，现任将乐营千总。"然而，我对于石栋"擢升为闽浙陆路提督"一事却心存疑窦。其一，清时全国设有12名陆路提督，其中并无"闽浙陆路提督"一职；其二，查阅钱实甫著《清代职官年表·提督年表》，福建自顺治四年（1647年）设立陆路提督一职至宣统三年（1911年）清王朝灭亡的264年间，共计有75位提督轮任，独未见石栋之名；其三，依清朝官制品阶论，提督为从一品（相当于大军区司令员），石栋身为闽浙陆路提督却仅"官居三品"，无疑是矛盾的，三品官只能是"参将"或"参领"等相应职级；其四，据《大清穆宗毅皇帝（同治朝）实录》记载，"此案已革副将石栋、因其子石渠得缺"，可见石栋实衔为副将。

疑惑之余，我转而查阅左宗棠著述入手，在《左宗棠全集·奏稿》中查得左宗棠于同治二年（1863年）六月十日所书一份奏折提到："臣查护理福建陆路提督石栋，由本标中营参将升补浙江象山协副将，未及到任，咸丰九年，遽护提督……"这句话清楚点出石栋乃"护理福建陆路提督"而非"闽浙路陆提督"，且是由中营参将升补象山协副将后，未及到任就"遽护提督"的，时间为咸丰九年（1859年），非族谱所言的"咸丰三年"。由此可见，石栋"提督"之职并非空穴来风。左宗棠所言应不虚，然而在钱实甫所著的《清代职官年表》中缘何未列入石栋之名呢？"福建一省水陆各提镇，多由军营立功，蒙恩简放，一时未能赴任，其越级委护者，每以钻营得之。"这是左宗棠奏折开篇之语，从中看出石栋只是"护理提督"，"护理"系上级出缺而暂由下级代理职务之意，属于临时代理而非实职。这样一来，石栋贵为提督却仅"官居三品"便也可以解释了。

石栋为官期间，曾在泉州（今新府口巷一带）修筑规模宏大的府第"碧梧轩"。数百年过去，"碧梧轩"一度曾为泉州五中的前身——"泉州府官立中学堂"的校舍，如今已被拆迁改建，难见昔日风貌。而随着岁月流逝，在一百多年后的今天，地处偏远山乡的"提督故家"到凤楼也已是风烛残年，又有谁会想耗费巨资对其进行修缮维护呢？当然，对于下石人来说，到凤楼是否真的诞生过一位提督大人似乎已无关紧要，如今能够吸引更多外人到访下石村的反倒是那座位于到凤楼跟前的桥上书屋。

桥上书屋在到凤楼南侧，是清华大学建筑学院李晓东教授和他的学生陈建生于2008～2009年间在下石村两座土楼之间修建的一座希望小学，也是一件将当代建筑设计与传统民居文化和谐融合的艺术品，曾获得包括世界六大最著名建筑奖之一的"阿迦汗"建筑奖在内的多项大奖。桥上书屋与到凤楼大门相距不过十数米，在高大魁伟的到凤楼的映称下，桥上书屋显得娇小玲珑，宛若犹抱琵琶半遮面的小家碧玉。站在桥上书屋门前面朝到凤楼，自然而然会产生一种仰视心理。这种仰视，除了视线角度使然，或许更是人们对历史文化发自内心的一种敬畏。

（《闽南日报》2018-6-5）

在平和县崎岭乡下石村，与到凤楼隔岸相望的是中庆楼，两楼相距不过50米。一条深深的小溪涧穿行流淌，使两楼之间有了天然的沟壑阻障。到凤楼所在的溪涧北侧为下石村新楼社，住着石姓人家；中庆楼所在的溪涧南侧为下石村中寨社，林姓世居于此。据传，石、林两姓虽毗邻而居，却关系并不十分和睦。诚然，天然沟壑可通过架桥铺路实现连接，唯人与人之间一旦产生了藩篱，则难以逾阈突破。

寻常土楼不外乎圆形、方形、马蹄形、畚箕形数种，中庆楼却是少有的椭圆形土楼，大门面朝西北，与到凤楼隔涧相望，为青石方框套拱券门，宽约1.68米、高3米，门楣处匾额为阴刻行楷"中庆楼"，题款为"乾隆岁次戊申年/季秋菊月谷旦"，下嵌两个方形石雕"卍"字纹门簪。两扇木门迄今保存完好，门扇上方有一副阴刻草书对联，但因年代久远少有人能辨识。进入大门，迎面是一块狭长的楼埕，长约22米、宽约9.2米。楼为双环通廊式土楼，外环三层，内环单层，共计26个开间，单元进深10.5米，属前后两落中间带小天井结构。各单元为矩形砖砌门框，部分为木门框，内墙为青砖墙面。单元内有楼梯通往二层，三层设有环楼一周的内通廊，由门厅一侧公共楼梯上下。整座土楼墙体坚实，除三层各单元留有窗户外，其余各层均留有瞭望孔或射击孔，使土楼具备了极强的防御功能。尤其是门厅单元三层窗户边所留的射击孔，正对着距此数十米远的到凤楼窗口，这样的设计，似乎也成为石、林两姓不睦的历史印记。墙站在三楼环视，远山遥遥在望，正在施工中的云平高速自楼后横亘而过。因楼体为椭圆形，楼内显得狭长，形似一艘泊岸的敞口船，又如农家用来打谷的"摔桶"。整座中庆楼的外环楼体保持完好，惟内环因久无人住、年久失修，已有部分单元坍塌。

中庆楼为中寨林氏世居之所。据当地林氏族谱记载，中寨林氏系崎岭承卿林氏宗茂公三子大俊公衍下，八代孙瑞生公之子貌、同、对三兄弟，大抵于清朝初年自承卿（今诗坑）分衍至黄竹坑肇基。彼时，斯地名曰黄竹坑，溪涧流水潺湲，两岸竹叶婆娑，放眼四至，遍坡林木苍翠，实为风景殊胜之地、安居乐业良所。林氏择此而居，正应了"良禽择木而栖"之古训。所谓"福地福人居"，林氏肇基中寨数百年，历代子孙尚武崇文，也算是英才辈出。出类拔萃者，当数清代武进士、官至肇庆府守备的林润秀，另有杨勋公、光前公等，皆为清代庠生。据了解，中庆楼的匾额即为庠生林杨勋（县志作"林杨薰"）所题，而楼门所镌的那副草书对联，曾屡被游人揣摩但却至今无人可辨。当地退休教师林兆祥也曾对此下过一番功夫，考究认为其内容为"四面时光环溪汉，三星佳气绕楼台"。据其考证，林氏先祖原欲请当地名人题写楼联，但乡人有着纯朴的信仰，后到九峰城隍庙扶乩测字，得到城隍爷部将高云中（今城隍庙内塑有金身）乩示这副应时应景的妙对，便直接拓印至门扇上，其字体恣意纵横、不循章法，堪称一绝。然而，也有人对此解读持不同意见，有人认为应该是"四面时光环屏障，三春佳气绕楼台"，如此才显得平仄相合、对仗工整，不失为一副佳联妙对。更有人将其解读为"云绕楼台三星住，光临汀漳四面晴"或者"气绕楼台三春星，光瑞经渠四面晴"等，莫衷一是。

踏访中庆楼，自然无法忽视旁边的另一座"五进式大厝"。出中庆楼门往南数米，便有一座五进式宅院，因年久失修而坍毁，今仅余几道残破门框及后落屋舍，但仍能推测其到昔日之规模浩大。此宅院当为武进士林润秀所建，为皇宫起官式大厝结构，五进落加两侧双护厝，依山势而建，每落均随地势抬升，显得气势磅礴，门前一条形似飘带的沟渠环绕而过。遗存的第一道门匾额为阴刻楷书"曲渠扬辉"，第二道门匾额为阴刻楷书"崇冈环翠"，第三道门未见题刻。在僻远的山村修建如此规模的建筑，其施工之难度非今人可以想象，依旧时建筑规制，寻常人家是不允许盖如此浩大之宅院的。相传当时的县衙主官得悉中寨修建了一座"五进式大厝"，以为是哪个暴发户胆大妄为存心僭越，遂派出一帮捕快前往查抄，没想到正屋厅堂中悬有一块"奉旨诰命"匾额及一柄皇帝赐赠的尚方宝剑，捕快见之大惊，慌忙退回禀报，再不敢前来滋扰（据悉，"奉旨诰命"匾额现悬挂于诗坑村林氏大宗祖祠及中寨房祖祠"孝思堂"）。

《平和林氏渊源谱》中所载，林润秀系承卿林氏宗茂公第十世孙，生于1725年，卒年不详。另据道光版《平和县志》中所载，林润秀，乾隆十五年武举中式，十七年壬申武进士，肇庆协守备，升京师金水桥侍卫厅威武将军。五进大厝门楣匾额所题落款时间为乾隆己丑年（属1769年），此时距林润秀金榜题名的乾隆壬申年（1752年）已过去17年，正是仕途遂顺、春风得意之际，在家乡修建五进式大厝也无可厚非。1788年，中庆楼顺利落成，因进士公林润秀卒年不详，此时是否仍然在世现已难以考证，倘在世亦只63岁，对于一个尚武之人而言仍老当益壮。

回过头来看中庆楼，缘何其外观非圆非方，而是扁长的椭圆形呢？

据考证，对岸的下石石氏先祖魁耀公于明朝万历八年（1580年）携家眷至黄竹坑开基，而中寨林氏至清初方由承卿徙居于此。因石氏到此地的时间比林氏长，石氏耕种之陇亩自然也多过林氏，石氏所居的"到凤楼"亦早于中庆楼的建筑年代。林氏徙居中寨不久便出了个武进士，同样盛行尚武之风的石氏大抵有些许不服气，恰巧林氏欲修建中庆楼，而所勘地基有部分属于石氏的耕地，林氏找石氏商榷置换筑楼地基事宜，并希望两姓借此机会能够摒弃前嫌，握手言和。奈何协商并不顺利，中庆楼只好变更设计，将原先规划的圆楼改为略显逼仄的椭圆状。

常言道"冤家宜解不宜结"，历史的车轮滚滚向前，再难调和的矛盾，也终有化解的一天。近几十年来，隔断到凤楼与中庆楼之间的溪涧修了桥、通了路，石、林两姓互有往来，彼此接触多了，关系也渐渐融洽。就在2008年，一座颇具现代元素的桥上书屋横亘于到凤楼与中庆楼之间的溪涧上。桥上书屋由清华大学教授李晓东设计，并与其学生共同主持建造，外观呈"之"字折线形，钢桁架结构主体铺上木板，外墙为木条格栅，是一座纯现代风格的公益性建筑，与土楼及周边传统民居似乎 并不搭，却能够和谐相融、找不到丝毫违和感。正如曾经到当地采访的一位记者所言："用桥过渡历史，以书搭建未来。"以桥上书屋为媒介，拉近了溪涧两岸的距离，也进一步融洽了石、林两姓的关系，溪涧两岸早已不分彼此。

漫漫时光里，中庆楼与到凤楼默默地存在了数百年，直至近年才因桥上书屋而声名鹊起，吸引了众多游客前来观赏。如今下石俨然成为平和县西线旅游带的一个重要景点。为配合桥上书屋的旅游开发，中庆楼前原有的旱厕、猪圈均被拆除，而空出的场地被整平铺上卵石，成为人们游玩、休憩之所；沿溪涧两边的环境经过综合治理也已焕然一新。相比之下，唯土楼苍颜依旧，在时光流逝中难以停下破败的脚步。如此现状，难免令人心头沉重。

是日，正值初夏季节，空中细雨飘蒙。在五进式大厝的残垣间行走，于屋檐下驻足而望，眼前竹影摇曳、绿意盎然，有水雾自溪涧蒸腾而起，中庆楼、到凤楼与桥上书屋若隐若现。就在桥上书屋下面，有几位村民随意而坐，或谈天说地，或喝茶品茗，神情安恬。我在屋檐下伫立良久，耳畔不曾止息的是阶前滴答雨落之声，似远古岁月的呢喃，又似前人诉说着沧桑往事。此情此景，竟然别有一番抚今追昔的意蕴，我止不住一阵心旌摇荡、百感交集。

（《闽南日报》2018-12-11）

　　年前出行，途经林语堂故里坂仔圩的时候萌生了就近踏访坂仔土楼的念头，于是给向来专注于研究乡土文化的金才兄打电话。无巧不成书，金才兄正好回到位于坂仔镇五星村枣树下的老家杀鱼宰鸭准备年货，他遂邀我过去先喝杯热茶，然后一道去看贵阳楼。我对贵阳楼早有耳闻，此行也抱有一窥芳容的想法，却不知贵阳楼的具体位置，没想到踏破铁鞋无觅处，金才兄言及贵阳楼就在五星村，与他的老宅子相距不过一公里。

　　从坂仔圩沿林语堂故居的方向顺着水泥村道迂回北行，大约走3.5公里左右就到了五星村。五星村原名五甲，位于坂仔圩的西北边，中华人民共和国成立前曾是游击活动区，金才兄年逾九旬的老母亲年轻时就曾经支持过革命者，老人家身康体健，至今对当年事记忆犹新。从金才兄家出来，路边田园满眼皆是长势喜人的柚子树，这也是平和县农业产业化的一大特色。田园尽处，一幢幢崭新楼房替代了往昔的泥瓦房，显现着闽南乡村的沧桑巨变。令我始料不及而喟然叹息的是，行至尽处，耳闻日久的贵阳楼却已荡然无存，仅余一堵门墙在田园中孑然而立，与周遭楼房相比，显得神形萧瑟。

从前人记述的零散资料中得知，贵阳楼建成于乾隆己丑年（1769年），属闽西南土楼中最为常见的双环圆形楼，楼高三层。值得一提的是，当年为贵阳楼题撰楼名、楼联者，乃曾任文华殿大学士、吏部尚书加授太子太师的"蔡相爷"蔡新，这在闽西南土楼族群中堪称最高殊荣，也是吸引我前往观窥的主要原因。岁月不居，如今的贵阳楼早已人去楼塌，眼前所见仅余一堵宽约6米、高5米有余的大门残墙，所存大门为条石方框套拱券门，门前铺设3.68米宽的五级垂带踏跺，拾级而上，门洞宽1.735米、高3.01米，门框宽0.88米，通体由錾凿规整的花岗岩垒砌而成，每块岩石拼接处都严丝合缝，并留有门闩孔、射击孔、防火水道等安全装置。这样的楼门整体显得高大魁伟、气象端严，在土楼族群中大门构造精美者难出其右。楼门顶部嵌一矩形匾额，上书"贵阳楼"三个阴刻大字；门楣下方置两枚方形门簪，正面雕有寿星童子，侧边雕有仙鹤图样；内侧亦置有两枚方形门簪，分别雕有龙凤、花卉纹饰，无不雕工精美，栩栩如生。楼门两侧镌有一副楼联，右侧为上联"毓秀山川梓里楼成新甲第"，左侧为下联"辉联花萼德门星聚大文章"，右侧上款"乾隆己丑首夏"，点名建楼年份；右侧下款"漳浦蔡新拜题"，并加盖"蔡新之印""葛山"印鉴各一枚，彰显题撰楼名楼联者的身份，令贵阳楼之人文价值陡然升华。

走进大门，眼前便是唯一保留下来的门厅，宽约4.58米，含墙进深13.84米，门厅上方覆以铁皮屋顶，与其相对的是大门一侧供奉的一尊伯公神位，可见门厅已成为乡民年节祭祀伯公的场所。再往前走，是一块空旷的圆形楼埕，直径约17.6米，埕边有一条宽0.5米的排水沟环绕，埤中有水井一口，井沿以水泥板覆盖。除大门及门厅单元外，整座楼体均已坍毁，遗址遍植密密匝匝的柚子树，仅正对大门的公厅单元遗址可见红砖地面，以及中间一块矩形天井。地上散布着不少花岗岩条石构件，均雕錾规整，显见往昔贵阳楼整体概貌之奢华。行走间，在贵阳楼后侧偶遇一七旬老者正在掘取楼墙的土渣打理菜地。言谈间得知，他在贵阳楼内出生、长大，至30岁才搬离，据他回忆，早年的贵阳楼还基本完好，仅有两间半塌陷，至20世纪80年代后，贵阳楼因住户日少而渐次损毁，但外墙仍在，大约2013年前后才推倒残墙，复垦种上了这些柚子树。

诚然，贵阳楼肇建的乾隆己丑年（1769年）迄今已过去250载，如今人去楼毁，一片荒芜，但在贵阳楼后人的心中，这依然是一座有故事的土楼。

据悉，贵阳楼肇建者为平和心田赖氏二房八世赖邦畿公后裔，建楼过程颇费周折，第一次打完地基后觉得太小遂推倒重来；第二次地基建好后又发现分金座向不对于是再次返工，前后历经三次拆建，最初系妻、妾两脉共建，经过数次折腾后，现分衍于五星村房家厝的妾室一脉因财力不足退出，及至建成，贵阳楼仍留有2个单元给房家厝妾室一脉作为乱时避难之所。而据我偶遇的那位老者所言，贵阳楼背靠石齿山尖，在本地话里"齿"与"缺"音同，石缺则难圆，故而贵阳楼从建成之日起就未曾圆过，个别单元时有缺损，古来如此。

为贵阳楼题撰楼名、楼联的"蔡相爷"蔡新（1707~1799年）系福建漳浦人，为清朝大臣，乾隆元年（1736年）进士，授庶吉士、翰林院编修、直上书房、翰林院侍讲，累官内廷总师傅、兼理兵部尚书兼管国子监事务、礼部尚书兼理兵部尚书、吏部尚书兼国子监事务、文华殿大学士兼吏部尚书、加授太子太师。那么，位高权重的"蔡相爷"又如何会与偏于一隅、平淡无奇的贵阳楼扯上关系呢？据当地传说，蔡新与贵阳楼肇基者属甥舅关系（据了解，蔡新母亲姓林，故此说存疑），蔡新幼时常至平和舅家游玩，对舅家感情颇深。乾隆己丑年（1769年），蔡新正在兵部尚书兼理国子监事务任上，得悉舅家新楼落成，蔡新为之欣喜，乃提笔题写楼名，并亲撰楼联一副，既颂赞贵阳楼为豪门贵族宅第，又勉励舅家赖氏子孙科举成名，群星聚成大文章。另据当地传说，蔡新最初题写的楼名并非"贵阳楼"而是"青阳楼"，但楼名勒石后，有朝臣宿敌向乾隆皇帝进谗言，谓"青阳楼"与曾为唐僖宗避难行宫的蜀中"青羊宫"音同，诬蔑蔡新心存僭越犯上之意。乾隆皇帝遂遣人马前往查证。蔡新获悉后大惊，连夜嘱人赶在查证之人到达之前将"青"字添加数笔，"青阳楼"遂成"贵阳楼"。但此传说是否属实，殊难求证。

后果如楼联蕴意所言，贵阳楼赖氏果然文风鼎盛、人才迭出，据当地赖氏古谱记载，清代计有"一文两武三举人"之说，其中十六世赖长春于乾隆庚辰年（1760年，其时贵阳楼未建）恩科中式举人第八名；十八世赖维金于乾隆甲寅年（1794年）恩科连捷中式举人（武榜）第三十一名；十九世赖清俊则于道光乙酉年（1825年）中式举人（武榜）第七名；另有秀才无数。故此，贵阳楼成为平和心田赖氏最为人文荟萃的房系（俗称"猛人"）。可以印证的是，早年的贵阳楼前曾竖有三副彰显功名的旗杆石，至前几年方毁，但如今仍有半截旗杆石横置于大门东侧墙根下。

话说蔡新在七十八岁高龄致仕归乡后，曾到贵阳楼舅家闲居。某日午后，蔡新于贵阳楼二楼瞭望台上乘凉小憩，忽闻一阵锣鼓声响、号角齐鸣，起身远望，却见西边枣树下有一队人马沿驿道招摇而来。蔡新见状不解，何人如此张狂作态，岂非恣意扰民？身边的贵阳楼楼主解释道："相爷有所不知，那是县太爷下乡出巡，向来都是鸣锣开道、极尽排场的，可不像您贵为相爷却向来行事低调，几番来到贵阳楼都无人知晓。"蔡新闻言生怒，县太爷出行竟然造出这般声势，这不是打着体察民情的幌子大摆官威吗！当即让乡民前去把出巡的县太爷唤过来。可乡民哪敢呀，这县太爷官衔虽小，也不是一介乡民能随便呼叫的，蔡新想想也是，便让一位胆大乡民带着一柄乾隆皇帝御赐的折扇前往。县太爷看到御赐折扇，吓得慌忙下轿，一路战战兢兢地来到贵阳楼前。蔡新当场将县太爷训斥得灰头土脸，为表诚意，县太爷诚惶诚恐地摆下十二杯茶为自己的行为道歉，贵阳楼主在蔡新的示意下接受道歉，但只喝了三杯。次日，县太爷命人送来三担白银，蔡新笑说："你若把12杯茶都喝了，他怕不得要送12担白银过来。"贵阳楼主惊得目瞪目呆。县太爷送白银道歉的故事不尽可信，但也映衬了蔡新行事低调、不事张扬的作风，符合人们抑恶扬善的道德准则，因而传颂日久。

蔡新的故事仍在坊间口口相传，但贵阳楼终究凋零破败了。

农历的早春二月，正是春寒料峭、细雨飘蒙。我独自一人再次踏访贵阳楼遗址，只见路边满园柚子花开得正旺，空气中飘散着丝丝缕缕柚花暗香，这是勤劳的乡民又一载丰收的希冀。我在阒寂无声的贵阳楼内撑伞伫立，心绪久久难静。闽西南土楼成千上万，但有铭刻楼名、楼联者为数不多，而如贵阳楼这般由蔡新这样位高权重的历史人物题撰楼名、楼联的土楼更是凤毛麟角，就我所见，仅眼前的贵阳楼和位于平和县崎岭乡山美社的南湖楼在此列，这两座均由蔡新题写楼名的土楼肇建时间相距不过两年（按匾额上记载，则同为乾隆己丑年，即1769年）。可叹的是，南湖楼早在同治年间即被一把火烧成一片废墟，如今仅有楼门遗存。相隔百数十年后，贵阳楼同样仅遗楼门，很难说这是巧合，还是冥冥中的一种宿命？

（《闽南日报》2019-7-30）

父子将军
彪青史

1

应曾剑峰先生相邀，我前往澄溪踏访一座有着200多年历史的"将军府"。

澄溪是平和县九峰古镇辖下一个行政村，位于大芹山南面一条狭长的山坳地带，距九峰镇区约5公里，往大芹山风景区则有10公里路程。发源于大芹山麓的一条溪流蜿蜒流淌，在山坳间冲刷出一片片沃土，千百年来人们逐水而居、垦荒为田，依山靠水繁衍生息，渐渐形成一个个聚居点。就在澄溪村地段，沿着盘山公路旁的缓坡地左望，有个名为谷仓的小村社，人口不过两三百，房屋不过数十间，周边田园环抱，远近群山与其对峙，俞发显得宁静而安逸。近年来随着乡村经济发展，过去的传统瓦房大多改建成了充满现代气息的钢混楼房，唯独村头一座外观古朴的旧式建筑显得端庄凝重，令过往者油然萌生前往探究之念。

那是一座具有闽南传统"皇宫起"官式大厝风格的瓦房建筑，总体面宽约36米、纵深约45米，占地面积约1620平方米，呈东北—西南坐向，形成中间主屋加两侧双护厝的结构，主屋为三进两天井，前两进为单层，后进原为三层七个开间。就整座建筑外观而言，中间的主屋及后落均有重建痕迹，尤其后进改建为九开间的三层楼房，仅两侧护厝及大门保留原貌。大门开在东南侧，为马鞍脊套燕尾脊的三川脊屋顶，飞檐斗拱，青砖墙面，花岗岩条石矩形门框，大门设有值守门房。走进大门，迎面是一个狭长的院子，靠近主屋中轴线处卵石地面饰有一直径约1.2米、外圆内方的铜钱图案。正对主屋前侧的是一道围墙，围墙外有一口半月形的水池，长约31米、宽约9.5米。站在池塘岸边朝北望，整个建筑就在青山脚下，左侧门楼外墙及右侧护厝外墙各有一圆形窗口，中间的围墙相连，形成左右对称的格局，可以想见昔时整座建筑的恢弘大气。

九峰镇位于平和县西南片区，属于韩江水系，境内地僻多山，民居多以两进式的土墙瓦房为主，以此民居具有结构简单、施工快捷的特点。在地势偏远的澄溪村谷仓社，竟然隐藏着一座如此规模之深宅大院，虽然原貌早已不复存在，仍不免令人叹为观止。据引领我等前往踏访的曾剑峰介绍，此宅院的昔日主人乃平和曾氏十二世"武功将军"曾大猷及其子"督标副将"曾振。

曾大猷、曾振父子在平和历史上有着"父子将军"的美誉。

2

历史前溯500年，平和县在一代大儒王阳明的奏请下应运而生，其中当地宿老曾敦立功不可没。平和曾氏自素庵公于元顺帝年间由上杭至平和苏洋拓基伊始，历经数百载衍传而人丁兴旺，尤其是曾敦立倡议添设平和县之功成以来，平和的曾氏族裔更是崇文尚武、蔚然成风，历经明、清两代计有进士3名、举人41人、将军总兵9人、南京兵马指挥使2

人，其余通过各种方式出仕者不胜枚举，可谓人才辈出、叶叶生芳。而此"父子将军"曾大猷、曾振，即为"将军总兵9人"中的二人。

据清代道光黄许桂版《平和县志》中记载，"曾大猷（把总，防守漳浦。乾隆三十三年，杀贼有功，钦授守备，赏给蓝孔雀翎。随征缅匪，卒于军。有传）"。另据平和县曾氏渊源研究会重修的《武城曾氏族谱·第六卷》记述，曾大猷年轻时曾从事贩卖烟草的生意，后因受同业排挤侮辱，于是愤而发誓："大丈夫当立功名耳，安能郁郁居此！"于是离家从戎，因其才智、体力出众，很快擢升至漳浦把总。乾隆三十三年（1768年），遇奸人卢茂等造反，曾大猷手持长刀拒敌，斩下贼首数枚，一时间声威大震，守城至翌日黎明，云霄守备苏华国率兵来援，到了傍晚，又有提督海澄公黄仕简前来增援，一举扫清卢茂余党。此役中曾大猷立下首功，乾隆皇帝在朝召见，亲自询问杀敌状况，并当庭赐金，赏给守备职衔，赐戴蓝孔雀翎。时逢云南边陲缅匪作乱，保和殿大学士、经略大臣傅恒督师云南，奏请曾大猷随师深入缅甸剿匪。曾大猷在傅恒麾下出谋献策、屡立奇功，因此深得傅恒信任。乾隆帝曾经赐宴五百军士，曾大猷被安排的座位仅次于大学士傅恒，这是极大的殊荣。入缅征战期间，傅恒对曾大猷有悉心栽培之意，考虑到曾大猷母亲年迈，不便就近提补云南额缺，遂曾奏请让曾大猷"以福建守备缺出坐补"，获得当朝恩准（《清实录·乾隆朝实录》卷之八百三十五中记载，"谕：据经略大学士傅恒等奏，守备曾大猷，在军营办事，颇属奋勉。但伊母年老，不便提补云南额缺。请即以福建守备缺出坐补等语，应如所请。著交崔应阶，遇有该省守备员缺，即将曾大猷提补。所有应得廉俸，照例给伊家支领以资养赡。俟军务告竣，再行回任。"）。

尤为可惜的是，深得傅恒信任、仕途正顺的曾大猷却因操劳过度，于乾隆己丑年（1769年）未及强仕之年便因病故于军中，仅遗下5岁儿子曾振。当朝对其眷属恩恤有加，"旋闻伊在军营病故，情殊可悯。曾传谕崔应阶，查伊有无子嗣具奏。今据奏称，曾大猷母老家贫，止有一子曾振，年仅五岁等语。著加恩令该督酌给名粮□分，俾其家口足资养赡。俟曾振年及岁时，即行送部引见"（语见《清实录·乾隆实录》卷之八百五十五）。曾大猷逝后，被清廷"诰赠武义大夫、例封武功将军"（见曾大猷墓碑刻），并特赐匾额"威震南疆"以示褒扬，其父、祖父亦有相应貤封。

曾大猷之生平事略，于嘉庆、光绪各版本之《漳州府志》另有载录。更难得的是，《清实录·乾隆朝实录》卷八百三十五、八百五十二、八百五十五中也均有对其的详细记述，这在地方历史人物中并不多见。

3

曾大猷所遗独子曾振，字德之，号凤山，生于乾隆乙酉年（1765年），卒于道光癸未年（1823年）。曾大猷病故之时，曾振正值童心未泯的垂髫之龄，后在时任闽浙总督崔应阶奉旨照拂下无忧成长。至18岁时，适逢时任内阁大学士的葛山公蔡新告假回籍漳浦，遂随蔡新进京赴部引见，因得父亲荫生，被发回本省以千总补用，次年补授漳州镇左营千总，署右营守备，之后累升守备、都司、游击、参将等职。时有同安人蔡牵下海为寇，在台海一带出没滋扰船只，并于台湾发展队伍2万余人，自称镇海王，并包围了台湾府城。曾振率部随同福建提督李长庚赴台征剿，立下赫赫战功，得以累次擢升官职。

数十年军的旅生涯，曾振仕途遍及各地，历任福建连江营、陆路提标前营、台湾镇标前营、本府镇标中营、陆路提督标中营、广东钦州镇中营参将等职，可谓东西驰驱，不辞劳瘁。据《武城曾氏族谱·第二卷》中记载，曾振"智、力、才过人，立志修名，故其服官供职，光禄至三世，荣及旁支"，其曾祖父母、祖父母于嘉庆十四年（1809年）获貤赠武翼都尉等衔；其父母于嘉庆二十四年（1819年）获貤赠武翼都尉、淑人衔；其胞叔其父母亦因对曾振有养育之恩而于嘉庆四年（1799年）获封武德骑尉、宜人衔，这些诰封制命，在道光黄许桂版《平和县志》中均有收录。另据《武城曾氏族谱·第二卷》所录之《十三世曾振公传》记载，漳州城南圆山脚下莲花埔曾有一座明代的曾氏祖坟，但因年代久远，坟地曾被他人侵占，多次据理申告均无果，甚至在被后世誉为"廉政公"的曾萼登进士第后到漳州府衙提告，仍然久拖不决。时至曾振署理漳州镇中营，"结之以恩、责之以理"，仅几个月工夫便"涣然冰释，爰定坟界"，可见曾振之智慧谋略远胜于人，"此其有功于祖宗，俾益于阖族者"。

据《十三世曾振公传》记载，曾振因功勋卓著，在钦州参将任上"由是提升协镇，未到任，以疾终于钦州之官舍"。"协镇"乃清代绿营副将之别称，官阶从二品。曾振之父曾大猷逝后例封"武功将军"衔，官阶亦为从二品，故此有了"父子将军"之称誉。由其所建的位于澄溪村谷仓的规模浩大之宅院，称为"将军府邸"亦不为过。

4

曾大猷、曾振父子系平和九峰曾氏二房（子仁公）后裔，下湖房系第十二、十三世，于何时迁居澄溪谷仓未见详载。据其后人忆述，曾大猷系在下湖祖宅出生，年少的家贫，后弃商从戎，长年在外征战，年仅37岁便英年而殁，家里"母老家贫，只有一子曾振，年甫五岁"

（《十二世曾母杨太君墓志铭》），眷属蒙受清廷恩恤，家境方显好转。及至曾振辗转各地为官，声名日渐显赫，方有条件在澄溪谷仓，修建起颇具规模之将军府邸，一来光宗耀祖，二来荫庇子孙后裔，三则勉励子孙勤勉自立、报效家国。

据当地曾氏族人描述，旧时谷仓之将军府邸规模远远大于今貌，其大门前有专用马厩，如今地下仍埋有当时的下马石和拴马桩；后方则有占地数亩的后花园，如今花园围墙基础仍在。但可惜的是，偌大的将军府邸如今仅门楼及左右护厝的数段青砖墙面可窥原貌，中间主屋却与寻常民宅无异，仅地面的基石、天井仍保持原状。据仍住于此的曾振后人回忆，将军府邸主屋系毁于清朝“长毛反”时期（“长毛反”乃民间对太平天国运动的俗称）。太平军进入平和当在同治三年（1864年）秋季，曾国潘率湘军攻陷天京（南京）后，太平军侍王李世贤部属朱利王于九月十三日从大埔进入平和，以平和县城（今九峰镇）为根据地休整，构筑防御工事，准备伺机进攻漳厦。至同治四年（1865年）春，左宗棠部由漳州进入平和围剿，太平军伤亡无数，于同治四年四月二十七日悉数退出平和。相传在太平军滞留平和期间，一来是连遭溃败后军纪涣散，二来是记恨曾国藩组建湘军镇压太平天国而迁怒于曾氏，只要打听到有为官之曾氏家族者，便对其族屋极尽烧杀抢掠，谷仓将军府邸主屋即于此时被焚毁。对此，居于将军府邸的曾氏后人有着祖辈相传的模糊记忆：“听说当年‘长毛贼’来犯时，民众离家四处避难，先祖怕‘长毛贼’上楼抢夺财物，在避难之前将楼梯抽掉。‘长毛贼’无法上楼夺宝，便放火烧楼，所有传家财物，连同存放在三楼的36只祖妈奁箱被一并烧毁。”太平军残部退出平和后，曾氏后人受此重创元气大伤，只能在原地基上对主屋进行简单的修缮巩固，但究还无力让将军府邸恢复原貌了。

盘桓在澄溪谷仓的屋巷之间，不由得感叹时光倏忽、沧海桑田，曾振修建将军府邸迄今已逾二百载，而太平军焚毁将军府邸亦已过去一个半世纪有余，观今之将军府邸半毁，尽显沧桑与寂寥。

在曾氏后人的带引下，我顺道踏访了曾大猷、曾振之墓。据《武城曾氏族谱·第六卷》记载，当年曾大猷殁于云南军中，"蒙上给驿马16名送骸归乡……葬澄溪谷仓田中央"。该墓位于将军府邸东侧数百米外，墓地绿草葳蕤，周遭皆为蜜柚园，硕大的柚子挂满枝头。墓碑尚算完整，依稀可辨"诰赠武义大夫例封武功将军"字样。与寻堂坟茔不同的是，墓前竖着两根高约3米、顶部雕有雄狮的六角形石望柱，墓主人的武将身份与地位尽显无遗。曾振之墓则位于距将军府邸近千米处的后山，周遭巨树环拥，墓地形制较曾大猷略大，墓围、左右砂手及祭台均以三合土夯成，墓壁有各式浮雕图案装饰。墓前同样有两根3米高的圆形雄狮石望柱，可惜一根已经倾倒横卧于墓前，另一根则断成两截，一截则遗于墓前，另一截滚落谷底。按曾大猷、曾振父子官阶，照理墓前似还应有石马、石虎、石羊等雕像，如今独存石望柱却不见它物，是原本没有抑或被盗佚失，惜因年代久远已不得而知。值得庆幸的是，曾母太君原墓穴曾于1995年出土有《皇清诰封太淑人、例封夫人、六十五龄节慈曾母杨太君墓志铭》，碑文共2片4面，洋洋千余言，对曾母杨太君之懿德善行及曾大猷、曾振父子生平事略记述甚为详尽。该墓志铭碑石原由曾振裔孙、当代著名画家曾江涛珍藏，后捐献给平和县文保部门保管，另有碑文拓片置于平和曾氏家庙"雍睦堂"内供后世观瞻研习，系不可多得之珍贵史料。

俗话说"一方水土养一方人"，澄溪的山峦依然苍翠，流水依然潺潺，曾氏后人在澄溪谷仓这方土地上世代生息繁衍。"谷仓"之名，从字面上看或可理解为此地土地肥沃稻谷满仓，让乡人衣食无忧之意。而今乡村产业结构改变，昔日的稻田成了蜜柚果园，"谷仓"固然少见稻谷，人们的生活水平却也显著提高了，这无疑是一种时代进步。

承先祖荫庇，自十二世曾大猷、十三世曾振以下，世居澄溪谷仓的曾氏后人业已衍传至二十、二十一世抑或更多。他们或固守家园勤劳致富，或外出他乡成就事业，在各行各业有了不同的发展。也许他们曾经对家乡谷仓那座历经沧桑、仅余部分残垣的将军府邸缺少关注，但在盛行弘扬传统文化、传承良好家风家训、让人们记住乡愁的当下，已经有许多曾氏后人自发对先祖曾经创下的基业和立下的功勋进一步挖掘、梳理，并期待以其功业昭示后人，将其精神发扬光大。这无疑将成为美丽乡村建设的一个重要内容，让人们在注重环境保护、留住绿水青山的同时，也为乡土文化注入了更为丰厚的历史人文内涵，使其成为有根之木、有源之水，能够荫及四方、润泽后世。

（《闽南风》2019年1月号）

黄田村距平和旧县衙所在地九峰镇不过数里之遥，是个传统文化底蕴深厚的传统古村落。黄田村有很多土楼，咏春楼和龙见楼是其中知名度最高的两座。咏春楼因建楼者曾萼是进士公而名声在外，龙见楼则以规模宏大而著称，当地人将其称为"大楼"，有人甚至号称其为"世界最大的圆楼"（此说法并不准确，诏安县官陂镇有座在田楼，据说直径达到94.5米）。

龙见楼位于黄田村溪坝社，黄田村三面环水，蜿蜒环绕的溪流给黄田村增添了几许灵动之韵，在空中俯瞰，就像一个高高昂起的龙首，而龙见楼所处正是"龙眼"的位置。提起龙见楼，我总是情不自禁地想到《易经》中一句话，即"见龙在田，利见大人"，意思就是龙出现于田中，比喻大人活动于民间，人见之则有利。后以"龙见"指王者能有治绩。我没有去探究"龙见楼"之名是否喻合其义，只是当我站在龙见楼前时，委实是被这个庞然大物震撼到了。大到何种程度呢？走到龙见楼西南侧水泥村道空旷处时，我退到边沿拿手机拍摄它，但哪怕用上了广角镜头，还是没能将再座龙见楼收入画面。

在楼下村道边泊好车，沿着卵石铺设的外台明往前绕行，来到东南面的楼门前。这是一副由块状花岗岩砌成的拱券门，宽约1.67米、高2.9米，门上置有两枚方形浮雕门簪，再往上则嵌着一块砖框匾额，上书"龍見樓"三个行楷大字（"龍"为龙的异体字），两侧未见落款。与别处土楼高大厚重的花岗岩条石方框拱券门相比，这样的楼门显得平淡无奇，与龙见楼直径超过80米、占地面积近6000平方米的浩大规模相较更显得其低调而不张扬。踏进楼门，走过狭长的通道，迎面是宽敞的楼埕，水泥地面，靠西侧有一口留有3个取水口的水井，除此之外楼埕别已无他物，显得特别宽旷通透。整个楼埕直径达到35.2米，仅边沿留有一条约0.6米宽的排水沟。

站在楼埕中环视，整座大楼为三环单元式圆楼，靠中间的楼埕一侧外立面为青砖墙体，楼内共计54个开间，其中正对大门的单元和大门南侧的第二单元为三开间格局，另有8个单元为两开间，其余单元则各自独立，门前内台明亦以砖墙隔断。单元含前墙进深21.7米，平面呈"扇面"状，最窄的单元靠入户门面宽约2米，靠外墙最宽处约5米。单元内均为"三落两天井"格局，前落和中落为单层，后落或两层或三层，最高处超过12米。单元门为条石矩形门框，迎门是浅浅的小门厅，紧挨门厅的是小前院，跨过小天井，中落用屏风隔成两半，前半部分置一祭祀台，个别单元中落未隔断，可以直接当客厅使用；后半部分为厨房灶间，连接中落与后落的是个大天井，后落又以屏风隔成两半，形成敞开式前厅和封闭式后房的格局。厅侧有斜梯通往二、三层。单元各自独立，楼上未设互通连廊，仅个别单元内侧设有两、三个开间相连的阳台式廊道，既方便晾晒衣物，又可歇息乘凉。

关于龙见楼的肇建时间，楼名匾额中未见落款，依据当地曾氏族人提供的资料显示，龙见楼始建于康熙辛酉年（1681年），由寿宁县教谕曾逢时告老还乡后发动宗亲兴建。我查阅平和曾氏下湖房裔孙曾剑峰先生提供的《开漳九和曾氏雍睦堂派题名谱》发现，曾逢时系武城曾氏66派孙，康熙辛酉年岁贡，曾任寿宁学教谕，另据道光版《平和县志》记载，"曾逢时，清宁里人，（康熙）二十年贡，寿宁训导"。转而查阅康熙二十五年版的《寿宁县志》，在"教谕""训导"项下均未见曾逢时之名，故曾逢时到寿宁任职应在该版县志成书之后。依此推断，曾逢时既为康熙辛酉年岁贡，又是在寿宁任上告老还乡后才发起兴建龙见楼的，那么龙见楼的始建时间应晚于康熙辛酉年。诚然，无论该楼是否建于康熙辛酉年，但其迄今也已有300余年的历史，比肇建于乾隆庚寅年（1770年）的咏春楼早了八九十年。据了解，曾逢时发起兴建龙见楼后，因参与建楼的曾氏宗支复杂，因此未在楼内设公厅祖堂，而是在楼外另行修建了曾氏祖祠"丰豫堂"，并辟有启蒙学馆，延聘塾师教化族中子弟，仅曾逢时的6个儿子中就出了4个秀才。

相传，龙见楼与位于芦溪镇芦丰村的丰作厥宁楼系同一个师傅主持修建的，因此在整体布局、外观样式与内部结构上均有许多相似之处，仅个别细节略有不同而已。此说法未必真实，但两座楼的肇建年代应不会相差太远（丰作厥宁楼亦建于康熙年间）。历经300多年的岁月浸蚀，足以改变许多事物，龙见楼亦是如此。如今所见，龙见楼外环后落两、三层不等，显得参差不齐，显然并非其原貌。据悉，原来的结构中后落均为三层，后曾多次损毁重建，第一次为同治三年（1864年）秋季，太平军侍王李世贤部属朱利王从大埔进入平和之际，武进士曾金榜误为土匪来袭而组织抵抗，一箭射杀对方首领，龙见楼被太平军朱利王部围困烧毁大半；第二次则是1927年之际毁于战火；第三次则是在20世纪60年代，全国上下掀起一股"农业学大寨"热潮，在那个化肥奇缺的年代，人们大搞"广积肥多打粮"运动，当时有人认为龙见楼的楼墙所使用的"三合土"就是最好的肥料，于是将没人居住的单元楼墙拆掉大半，给龙见楼主体可以说是造成了极大的破坏。如今所见，有多处墙体或由黄土重新夯起，或以土砖垒砌修补，因此整体外观参差不齐。更为可惜的是，在20世纪80年代，人们为了方便晒稻谷，将楼埕卵石地面改成了水泥地面，使楼埕失去了过去的古朴韵味，也让其整体观感大打折扣。

与相邻的咏春楼相比，龙见楼少了些许人文气息，但其也不乏一些极具趣味性的传说。据悉，龙见楼墙基厚度超过1.7米，容得下一张八仙桌和4只太师椅，可见其楼墙截面有多长。如果用一条面线绕楼外巷道一周，那么这条面线足够几个"后生家"饱食一餐，可见其楼体周围有多长。旧时年末习惯在楼内演"神明戏"，可同时搭设3个戏台，可见楼埕有多宽旷。在楼埕中间曾置有一块分金石，因为传说站在分金石上说话会产生很好回声效果，据说在20世纪集体化的年代里，生产队长便会站在分金石传达上级指示或分配生产任务，群众在家里就能听得清清楚楚，无须扩音设备。如今楼埕已经被改铺成水泥地面，而那块传说中的分金石也已消失，但许多外来访客站仍会站到中心点一试，果然耳边回音阵阵，令人深感颇为神奇。另有一个说法，龙见楼所处系"蝙蝠地"，在楼门外十多米处的水沟边有一块蝙蝠石，因蝙蝠专吃蚊子，因此龙见楼内一年四季都不会滋生蚊子。那么，此传说是否真实呢？在楼内巧遇一年逾八旬的老者，他表示，以前楼内人多的时候确实极少蚊虫，如今许多单元已人去楼空，有些还饲养禽畜，有没有蚊子却是不好说了。

《左传·桓公五年》中有言："凡祀，启蛰而郊，龙见而雩。"这里的"龙见"指的是天上龙星（一般在孟夏的黄昏）出现于南方之时；"而雩"，即举行求雨之祭。楼名为龙见，想来不乏祈望风调雨顺、四季平安之意蕴，毕竟在过去的岁月里，对于靠天吃饭的农人来说，这不就是最大的愿望么？

（《闽南风》2022年12月号）

平和县在九峰镇北去数十里，海拔800多米之五凤山西麓，此地群峰逶迤、层林叠翠，自然风光秀美绮丽。发源于五凤山脉的韩江支流仙溪由东往西迂回流淌，丰沛的溪水长年滋养着一方沃土。数百年来，勤劳朴实的朱、杨、曾、黄、林、李诸姓村民在这里聚族而居，渐渐形成一个古朴而幽静的村落——秀峰乡福塘村。

福塘村在平和县的西部腹地，昔称"上大峰"，何时更名"福塘"史料中未见详载。该地处于闽粤边陲，系平和旧县衙通往汀州、赣南的必经之地，亦为古代商旅要驿，清时设有"大峰塘"关卡，民国时期曾为平和县维新乡治所。以"福塘"替代旧称"上大峰"，想来离不开"有福之塘"的寓意。今人又称福塘为"太极村"，盖因流经福塘村的仙溪曲折西行，在山坳间冲积成"S"形地貌，遂将福塘村分为南北两部分，由高处俯瞰则呈太极两仪之"阴阳鱼"的形状。斯地民风淳朴、教化早开、文脉绵延，迄今留有明清风貌的古民居62座900余间，大都结构精致、造型美观，可谓集漳潮民居建筑风格之大成。在这些古民居中，处于阴阳双鱼眼位置的两座圆形土楼——朝阳楼和聚奎楼显得尤为突出、出类拔萃。

朝阳楼

在有着"土楼王国"美誉的闽西南山区，以"南阳楼"为名的土楼着实不少。眼前所见之南阳楼，位于秀峰乡福塘村南山社，仙溪南岸。仙溪形如彩缎，自南阳楼北侧蜿蜒流淌，为福塘带来绵绵不绝的灵秀之气。"南阳"者，南太极阳鱼之眼也，这是冥冥中的巧合还是筑楼者有意为之，我们不必探究。历经数百年风雨浸蚀之后，南阳楼显得老态龙钟，楼之前半部分已然圮塌，仅石砌墙脚和一矩形门框遗存，楼门上方枕着两块门簪石，门簪上头想来是曾经镶有楼名匾额的，但如今惜也已荡然无存。所幸后半部分的楼体尚算完好，原貌之宏大犹可从中窥之。

其为单元式与通廊式相结合的双环圆形土楼，楼体通高三层，其中左侧单元仅为二层，可见原建筑已然塌毁，今貌系在原址重新修建而成的。整座土楼原有16个单元32开间，外加门厅及中厅各一。楼体直径约40米，单元进深12米，内墙为青砖墙面，入户单元石柱加砖拱券门，上有门簪装饰，门簪或圆或方，圆者为木、方者为石，其上多雕有"卍"字图案。楼内未设内台明，楼埕为卵石地面，边沿设一排水沟，埕中有水井一口，井沿由两块半圆弧状花岗石拼成，井不深，但水质清冽。楼内每两个开间共一单元，前落为门厅，后落一层隔成两半，前为正厅，后为两间厢房，边侧有楼梯通往二、三层，二层靠窗一侧有连廊互通。前后两落之间为一梯形小天井，边长不足2米，天井边为敞开式灶间，兼作通道，整体空间稍显狭窄。令人意外的是，其中一间久无人居的单元正厅曾经以旧版英文报纸糊墙，惜因时日久远，报纸大都已字迹模糊难以辨认。在此偏僻之境，能得英文报纸糊墙，至少说明其主人曾经漂洋过海闯世界，或是见过世面的人。

我于走访中得知，南阳楼曾为福塘朱氏富族聚居之所。福塘村现有一千多户，4000余口人，其中以朱、杨、曾诸姓居多。福塘朱氏，乃南宋理学名家朱熹后裔之紫阳派平和朱濂支系，大抵在明万历至清顺治年间，先祖为避战祸自苏洋田心徙居上大峰。因择居之处地势低平，常年受仙溪水涝之害，时有朱熹第十八世孙朱宜伯联合杨、曾两姓族人，在其舅父、永定风水师"钟半仙"的指点下，将流经此地的仙溪由直改曲，形成"S"形，并引导村民在两岸临溪筑屋居住、修筑码头商铺，渐渐形成"太极图"格局。此后的楼宇建筑，大都遵循太极舆理而建，盖取"依太极图形，取不败之意"也。坊间流传着"有大峰富，无大峰厝"的说法，其楼宇房屋，无不以石为基、以砖为墙，其结构紧密、布局合理、飞檐斗拱、精雕细琢，可谓汇聚漳、潮建筑之精华，迄今仍有62处近900间明清传统建筑遗存，成为难得一觅的闽南传统建筑"博物馆"。

据当地朱氏族谱记载，朱宜伯，字道，县乡宾义士，系朱熹第十八世孙，生于康熙三十一年（1692年），卒于乾隆三十一年（1766年），享年七十五岁。朱公宜伯乃秀才出身，谙知天文地理，却无心考取功名，一生热衷商贾之道，在通过经营烟草、茶叶致富后，热心家乡公益，倾情回报梓里，谱载"他一生绸缪图帷，无所不止，为人敦厚笃实，处己俭而待人厚，治于家而伦序正，施于乡则睦恤周，年弥高而德愈昭，颂其德则抑其名"。在改造上大峰之地形格局之余，朱宜伯大约于乾隆初年发起了建造规模浩大之南阳楼的事宜，使其成为朱氏后世安居乐业之所，故其于族于家，功莫大焉。

福塘虽地处偏远山区，但在一个时期内亦曾繁华过、热闹过。彼地山多田少，故人们在耕作之余，祖辈均有人沿着仙溪顺流而下，经韩江而奔赴潮汕等地从事商贸，甚至由汕头港搭船"过番"下南洋谋生，尔后衣锦还乡，或肇基祖业，或修桥造路，完善了福塘的基础设施，也带动了一方经贸发展。更可贵的是，福塘朱氏虽山居避世，却秉承着朱子儒家遗风，十分重视文化教育。朱宜伯于康熙、雍正年间亲自创办了"桂岩书院"，延聘名师为邻里育才，并"置下县城（今九峰）南、北门洋租谷四十余石良亩，为子孙进中者赊省、京费之资；又置书田二百余石，作为子孙文武进泮者膏火之费，以鼓励子孙进取前程"（语见《平和朱氏族谱》），可见其为教育子孙不遗余力。其后世秉承先祖遗风又创办"文峰斋"等书馆，免费招募本地及邻乡子弟入学，可谓崇文敬儒、文风鼎盛，尤其以朱仰修为首的举人、秀才在文峰斋成立"八士会诗社"，这在偏远的山村可谓独树一帜。此外，近代此地更出现了通晓音律之士，在南阳楼旁的"茂桂圆"内设有"八音班"，抗日战争时期又成立了"福塘醒民潮剧团"，通过戏剧的形式宣传抗日的同时，也为山乡小村落注入了更丰富的文化内涵。鼎盛的文风为偏居一隅的福塘朱氏培育了一代又一代贤才，今之福塘朱氏亦不乏能人志士，他们走出福塘，在广阔天地里施展才华，在各界均颇有成就，成为"有福之塘"的最好诠释。

今之南阳楼虽已半圮而难复往昔容颜，但大门随近散落之石制构件、各种石碾器具，以及周边的茂桂园、观澜轩、寿山耸秀楼等民居楼宇，无不透着浓浓的历史人文底蕴。此外，村里村外无处不在的太极八卦元素，更于平凡之中散发着诸多神秘的传奇色彩，令人心向往之，盘桓其间久久不忍离去。尤其令人难忘的是，在福塘采访时，曾经穿过南阳楼西侧一条狭长的巷道，巷道石径宽不盈尺，石径边是一条数尺深的排水沟。因巷道狭窄，仅容一人通行，好在排水沟旁每隔数步均铺设有一块可容单脚踏足的石块，若穿巷时恰逢对面来人，则单足踏上石块借力倾身，即可轻松礼让来人先行，故此石俗称"让路石"，亦被前往观光的游人称为"礼让石"，如此浑然天成的巧妙设计，何尝不是朱子儒家遗风的一种传承呢。

聚奎楼

聚奎楼位于仙溪北岸之福塘村塘背科。以"太极图"观之，其所在为北太极阴鱼之鱼眼，与处于南太极阳鱼鱼眼位置的"朝阳楼"隔溪相望，显得更加气象端严。其为双环单元式圆形土楼，内环单层、外环三层，平面8个单元24开间，外加门厅和中厅各一间。楼体直径约41米，大门朝西而开，为花岗岩方框套拱券门，内门框宽约1.5米、高2.5米。其上两个方形门簪分别篆刻有"合社""平安"的字样；门楣处嵌有一石雕阴额，上书楼名"聚奎楼"；两侧方框錾一副楼名嵌字联，即"聚族于斯和气一团安乐土，奎星所照灵光万古萃高楼"。楼名取"五星聚奎"之意，五星聚奎为古代干支历法的开端，是为祥瑞之兆。

聚奎楼内环为青砖墙面，单元含墙进深约12.9米，以门厅和中厅为界分左右两部分，各设四个单元拱券门，门侧有窗，石砌窗框錾有窗联，与他邑土楼相比风格殊异。左右两部分装修风格又有不同，右侧相对简陋，左侧则精致得多。选择左侧中间一单元推门而入，却见里边三个开间共用一个天井，显得开阔敞亮；上厅左边有侧门与相邻单元互通，两个单元共六开间形成一个整体，显见大户人家之气派。每个单元上厅后侧有一副斜梯通往二、三层，楼上每层各有1个楼梯间2间卧房，两单元合共2个楼梯间4间卧房。房外有连廊互通，靠窗一侧为木屏隔墙，木屏上半部分为镂空栅格，使得廊道采光良好；栅格边缘镶有镂空雕花，雕工精细、构图巧妙。概而括之，聚奎楼左侧的四个单元中，居中的两单元各层均连接贯通，两端的单元则互为独立，这又是闽西南土楼中绝无仅有之结构格局。

由楼上循梯而下回到一楼正厅，这是一间敞开式的厅堂，正面屏风及两侧墙面均挂满了相框，中间所挂为杨友政、邓吉夫妇的标准像，由此可见杨友政夫妇即聚奎楼的肇建者。

能以一己之力修筑如此气派之聚奎楼，此杨友政又是何方神圣呢？

阅其生平介绍可知，杨友政（1882—1959年）乃福塘杨氏农家子弟，其幼年失怙，父亲体弱多病而家道贫寒，于16岁即随舅父过番至泰京（即泰国曼谷）"叹吃"（讨生活），从月挣3铢泰币做起，至29岁创办福安堂药行，年近四旬方迎娶大埔客家女邓吉为妻。20世纪20年代末，时逢乱世，战火频仍，杨友政虽身在异国，内心却仍牵挂家人安危，遂耗费巨资，由发妻邓吉孤身归国返乡主持修筑规模浩大之聚奎楼。至1936年聚奎楼落成（据匾额题款"民国丙子年春月"，丙子年即1936年），前后历时六载。邓吉以弱女子之躯，曾三次自泰国长途跋涉返乡，可谓不畏艰险、呕心沥血。聚奎楼建成以后，左侧4单元供杨友政家人自住，右侧4单元作为叔伯近亲安居之所。杨友政去逝后，邓吉亦曾于20世纪60代年返乡在聚奎楼小住。

据当地杨氏后人提供的资料记载，聚奎楼由具有丰富修楼经验的永定师傅承建，其木屏雕刻则由大埔和村的邓耀金师傅和白土村的林大寿师傅制作。楼体依太极八卦图而造，左右合共8个单元，暗合阴阳两仪、四象八卦之构图。精工出细活，整座土楼既保留了闽西南传统土楼的特点与风格，又结合了当时农村单屋结构的特点，特别是三开间共一个天井的"大厝起"格局，使楼内采光充足、通风透气，这是其他土楼无法与其比拟的。此外，楼名及楼联均由清末民初闽南书法名家黄惠（系著名画家周碧初岳父）撰写并亲笔书丹，对于该楼起到了画龙点睛的神效。笔力雄健的书法配上对仗工整的联句，再加上楼内窗户上的"瞻高邀明月，望远看奇花""仰观对月饮同，俯察思禄永""清风徐来好，明月桂花香""夕阳红半楼，远水碧千里"等佳联妙对互为映衬，为聚奎楼增添了浓厚的文化内涵，也体现了杨友政夫妇对传统文化的敬仰与重视。

事业有成的杨友政夫妇毕生勤俭节约，虽富裕但却不奢侈，"每月只用十铢泰币理发"，同时，他们心系梓里，热心公益与慈善事业，在为家乡修桥铺路之余，又于1941年寄资5000大洋创办了"维新乡中心小学"（即今天的福塘小学前身）。因其世代皆为佃农，祖上未曾启蒙识字，杨友政夫妇更是一生饱受不识字没文化之苦，因此十分重视对子女的教育，深知唯有知识才能彻底改变命运，唯有文化方能推动事业发展。杨友政和邓吉育有七子五女，均学有所成，成为人中龙凤。长子杨锦忠在杨友政逝后将福安堂发展壮大，并成为最早促成北京同仁堂、漳州片仔癀等著名中成药进入泰国及东南亚市场的人，对推动发展中泰贸易作出重要贡献，在商业界、药业界、卫生界及众多侨团中知名度很高，是泰国华社久享盛誉的侨领，被誉为"泰国中医药界泰斗"（1994年版《平和县志》录有其事略）。二女儿杨志玲，于大哥杨锦忠去世后肩负起家族重担，曾陪同泰国卫生部部长访问北京同仁堂，推动了泰国政府正式宣布中医药合法化的工作。在其主导下，福安堂和北京同仁堂合资创办了"北京同仁堂（泰国）有限公司"，并由其出任董事长，开辟了泰国中医药发展的新天地。此外，杨友政的其余子女在各行各业亦有不同建树。

聚奎楼落成至今，堪堪八十余载春秋。与日渐衰败圮塌之朝阳楼不同的是，聚奎楼现今仍有人居住而整体保存相对完好，个别较破旧单元也在近年被重新修缮加固。尤其是正对大门的中厅被整葺成敞开式堂屋，其内布有"福塘太极村杨氏家风家训馆"，墙上分别挂着"杨氏家训""杨氏荣辱观""杨氏贤才榜"等展板，展示着杨氏家族勤俭淳朴、与人为善的良好家风。正堂墙上挂的"贤才榜"，所列的正是从聚奎楼走出的数十位杨氏贤才，他们有海外侨领、名商巨贾，更有政界、学界的杰出人士，有的在他们之中，人扎根基层、默默奉献，有的人身居中央级媒体的重要岗位。无论身处何地、身居何位，都传承着聚奎楼的良好家风。在家风家训馆彰其成就以昭后世，正是"五星聚奎"的真实写照。

岁月不居，时光如流。以朝阳楼、聚奎楼为代表的诸多民居建筑是福塘村历史的缩影，见证了闽南小山村曾经拥有过的富庶与安逸。而周边日渐增多的现代楼房建筑则是福塘今时发展的写照，与土楼、砖瓦房等传统民居互为映衬，体现了传统与现代的和谐相融。毋庸置疑，福塘因地处偏远，曾经的它是静谧的、安逸的，但它绝不闭塞、绝不落后，盖因福塘人有着一股不服输的韧劲，他们敢闯敢拼，在不同的历史时期都能紧跟时代的步伐，使这个不起眼的小山村积淀了厚重的人文底蕴，也验证了"有福之塘"美名。当福塘村被有心人称为"太极村"之后，其巧夺天工的建筑特色、浓郁的人文气息和淳朴民风渐为外人所知，这一方曾经静谧的所在也便迎来了日渐增多的陌生身影，他们在土楼屋舍间盘桓，在石阶巷道漫步，在仙溪边驻足，无不品读着独特的闽南原乡情调，让浮躁的心在这一刻归于宁静。

（《闽南风》2020年4月号）

福善人居福

善楼

长乐乡位于平和县西部，西与广东省大埔县大东镇接壤，境内山川河汉纵横交错，地表径流多属韩江水系。与平和县东部山地多开发种植果树不同的是，这里的自然生态大多保持完好，放眼看去，漫山丛林苍翠繁茂，车在山道上行驶，一路空气清新舒畅，天气竟不十分燥热。

福善楼在长乐乡建三村的霞翰（下汗）社，离长乐乡政府约2.5公里路程。沿省道秀秀线往东行驶了约2公里，左拐进入一条岔路，曲折行驶了数百米远，就到了群山环拥的霞翰社，在翠竹掩映间，一幢方形合围式二层瓦房便出现在眼前。

那是一幢外观方正规整的四角土楼，楼门朝东，为花岗岩条石方框门，门前设有两级花岗岩如意踏跺；门楣处置两枚分别雕着篆书"福""寿"字样的方形门簪，门簪上方为墨书"福善楼"三个大字的楼名匾额，两扇木门分别题着"龙飞""凤舞"两字，但也抵不住岁月浸蚀已字迹模糊。楼门两侧题有一副对联，即"福缘自是行仁广，善果由来积德深"。走进大门，整体为两落二进式结构，楼高两层，中间为一个长方形天井，天井长7.49米、宽4.34米，后落地面比前落高出约

0.16米。前后两落结构一致，居中一间为敞开式门厅，宽约3.74米、进深5.9米、门厅左右各有两间房间。天井南北两端为宽3.76米的敞开式廊道，南端靠墙处置一斜梯通往二层。二层结构与一层一致，前后两落各有4个房间，中间各有一个敞开式厅堂，环天井则设有一个"回"字形的连廊，廊边木屏栏高约1.14米。一层前后落高度均为3.29米，二层高度则略有不同，前落楼板至脊梁处高3.74米，后落楼板至脊梁处高4.4米。

细数整座福善楼，两层合共16个房间、四个敞开式厅堂外加四个敞开式廊道，既能很好地满足居住者的起居需要，又保证了他们拥有足够的活动空间与场所。而从外形上看其又显得十分紧凑规整，尤其在一层南北两侧廊道边又各留有一扇门，开则通风，关则密闭，起到冬暖夏凉的神奇效果。更为神奇的是，前落二层正面开有一矩形窗户，当早晨的第一缕阳光泄下时，可直接照到后落正厅地面，可见福善楼在建筑设计上有许多独特的巧妙之处。与别处土楼一样，福善楼也有水井，却是设在楼门正前方。据说楼前原来还有一圈围墙，但如今仅地基遗存。

福善楼貌似普通，却从这里走出过平和县历史上第一位博导、大学校长，套用当地一句俗语，就是"多尼山蹿出丈八檐"——山沟沟里飞出了金凤凰。据引领我们参观的当地村民、平和朱氏联谊会的朱练金老汉介绍，建三村霞翰社系平和朱氏上坪房后裔聚居点，现有朱氏人口约400余人。福善楼由上坪房十七世朱庭秋于民国初年所建，迄今已逾百年历史。朱庭秋幼时家贫，早年以当挑夫谋生，后从事商贸，因为其人敦厚诚朴、经营崇尚信义而发家致富。攒下殷实家底后，他返乡修建了一座四角形合围式土楼，又心忧乡民出行不便，遂将通往秀峰、福塘、崎岭、坪回各处的泥泞小路都改铺石磴道，这大大方便了乡民出行，百十年来那些石磴道仍是乡民及往来商贾经行的主路。此外，他还热心教育事业，在福善楼北边修建了一座长方形四角楼作为私塾学堂，不仅吸纳本族子弟免费入学，也解决了周边村社他姓孩童的就学问题。他的善举义行在当地被广为传颂，时任平和劝学所所长的朱念祖亦深受感动，遂亲笔写下"福善楼"楼名，并题撰楼联以示褒扬。朱念祖是清末秀才，曾于民国十一年（1922年）短暂担任过平和县知事一职（《漳州大事记》记载，"民国十一年11月3日，赣军谢杰团进驻平和，罢免杨兆平县知事，以团副赖伟英兼县知事。20日，赖世璜旅长到平和，又派朱念祖为县知事。"）该县是年中递换6任县知事，他是民国第一位平和本地籍县长，也是平和县第一位省议会议员，他的题字在当时足见分量。

长乐乡处于闽粤交界地带，其境内多山，绵延不绝。因为地处边远、交通不便，造就了当地朴实的民风与顽强拼搏的秉性，闽南革命的先驱者朱积垒即曾以这里为根据地，于1928年3月8日组织发动了揭开"福建农民自动夺取政权第一幕"的"平和暴动"，长乐成为一个具有光荣革命传统的重点老区乡。同样，从小在山村长大的朱庭秋以其勤勉自立、与人为善的品行形成了良好的家风传承，滋养了一代又一代的福善楼后人。今天的福善楼门厅两侧墙上即悬挂着几幅宣传栏，内容正是对福善楼后人朱立吉光辉事迹的记述与颂扬。朱立吉为朱庭秋第四代曾孙，生前曾任长乐乡建三村党支部书记，勇当革命老区经济发展的领头人。1996年8月9日，长乐地区发生了百年不遇的洪涝灾害，持续不断的暴雨引发山体滑坡，年逾花甲的朱立吉心系百姓安危和公共财产安全，身先士卒投入到抗洪救灾中，在冒雨疏通塌方被堵的道路时，因突发山体滑坡被卷入山下洪流，献出了宝贵生命。朱立吉以身殉职，其事迹可歌可泣，激励并鞭策着一代代福善楼后人，这也是福善楼家风传承的一种真实体现。值得庆幸的是，这种传承并没有因朱立吉的去世而中断，其子孙后辈同样以大山人特有的顽强品格自强不息、锐意进取。从小在福善楼长大的朱立吉长子经过自身努力，成长为平和县第一位博士研究生导师，如今在上海一所知名高校担任主要领导职务，是平和朱氏的杰出人才。

今天的福善楼虽已无人居住，但整体保存完好，外观朴实端庄、其貌不扬，与山村农家的风貌和谐相融。据了解，前些年福善楼屋顶曾有局部破损，现已被修复如初，楼内地面也改铺上了红砖。楼内一层廊道置有石磨、石臼、箩筐、厨柜等家什，二层厅堂放置有昔时农家使用的谷仓、风柜、农具等物件，处处流淌着昔时农家的生活气息。站在楼内仰望，天井之外竹影婆娑、兼有蝉鸣入耳，令人顿生亲近自然的闲适之感。走出楼门，来到门外的水井旁，但见井水清澈，有鱼儿恬然悠游、自得其乐，似不知寒暑春秋，惟时光永驻。

（《柚都平和》2020-4-27）

凡大隐于市者，无不属于功底深厚、身手非凡却又不显山露水的厉害角色。就如我眼前的延安楼，虽身居闹市却低调而不事张扬，以至于我几次欲前往踏访都不得其门而入。然而，它在土楼族群里却绝非名不见经传的泛泛之辈，恰如其分的"大隐于市"。它建于明朝万历癸未年（1583年），是平和县内目前已发现确切载明建造年份最早的一座土楼。

1

延安楼不在遥远的革命圣地延安，它就在平和县小溪镇新桥村的后巷社，在小巷里边打听边寻找，七拐八弯后才能摸到延安楼跟前，当真颇为隐秘。新桥村是平和县委、县政府所在地，县城繁华闹市的中心点，商业中心东大街就从村中穿过。往前追溯，在平和县政府移址小溪镇之前的很长一段历史时期，小溪圩市的繁华大抵仅限于三角坪一带，新桥后巷只是偏安一隅的小村社，可见彼时的延安楼与"大隐于市"是沾不上边的。机缘巧合之下，平和县政府于1949年7月自九峰迁至小溪三井，后又移至距延安楼不到200米远的现址。有幸成为平和县的政治、经济与文化中心之后，新桥村的发展也便日新月异，随着县城逐渐东扩，后巷渐渐被圈进闹市区，延安楼也便成了名副其实的城中隐居者。

这是一座单元式与通廊式结合的方形楼，楼体不大，单边长约40米，三层夯土墙瓦房结构，两米多高的条石墙基显得坚固厚实。楼内共计十八个单元二十六开间，各单元均有斜梯上楼，三层原设有内通廊，如今已隔断无法通行。楼为单进式结构，单元进深较浅，屋空间显得较为逼仄，采光不足。内院正对大门的中轴为花岗岩条石铺设地面，两边则为卵石铺设地面。令人叹为观止的，是延安楼独特的楼门构造。一般土楼多为石砌拱券门或条石矩形门，延安楼却独有双重门构造，或者说在楼门外叠加一座石牌坊，这在闽南西成千上万座土楼中恐怕是绝无仅有的（云霄县火田镇的"菜埔堡"北门外亦建有一座"贞德垂芳"功德牌坊，但并非与楼门叠合，而是互为独立的存在）。楼门与寻常土楼一样的花岗岩石砌弧顶拱券门，宽约1.7米，高2.85米，门颊厚度超过1米，原有内外两副木门扇，如今仅存朝外开启的外门扇，内门扇已被拆除；门外则是一座石牌坊式门楼，牌坊为四柱三门三层结构，通体花岗岩石制构件，飞檐翘角的仿琉璃瓦石雕庑殿顶，尾脊饰鱼龙形螭吻，中脊置一石葫芦脊刹起避邪镇宅作用，整体构造与九峰镇东门城隍庙外的"龙章褒宠"石牌坊有异曲同工之妙，均具有明代牌坊建筑的典型特征。与"龙章褒宠"坊不同的是，延安楼牌坊中门向内凹进与楼门贴合，二层中间嵌一石雕匾额，楼名"延安楼"为浮雕行楷字体，左边落款"万历癸未绍虞建"；匾额两边各嵌一块身着官服的人物浮雕，匾额下方横梁置两八圆形菊花门簪。四根门柱顶端各置一块方形栌斗以承接顶部，两边门上方又各有一根石制额枋以牵制两根门柱，额枋两端以三角形雕花雀替承托。整个石牌坊雕凿工艺神乎其技，石构件巧妙运用了古建筑中的榫卯工艺，结构严谨、造型端庄，与延安楼两侧石砌墙体贴合紧密，形成严丝合缝的整体。

延安楼为平和琯溪张氏世居之所，据《琯溪张氏族谱》记载，张氏以"清河"为郡望，平和琯溪张氏属宋代张端支系，张铁崖于宋末元初自宁化石壁村至平和开基，至明初已成望族，永乐四年状元、翰林院侍讲林环曾为之题匾"琯溪清河，四世七贤"。至1996年修谱之际，琯溪张氏已衍传至二十八世，人口位居全县第二位。追本溯源，延安楼得名与陕西省延安市并无牵扯。从字面上解读，"延"有长、久之意，《尔雅·释诂》："延，长也"。楼名"延安"，蕴含有寄望张氏子孙长久安定、平安乐业之意。从楼名匾额落款可知，延安楼建于万历癸未年，也就是公元1583年，至今已有430多年历史。"绍虞"应为人名，大抵为延安楼的肇建者或发起倡建者。令人遗憾的是，族谱所列，仅从远祖修至琯溪张氏七世祖，后世又自十八、二十世补续，中间因史料轶缺难以补全出现十几世断层，有关张绍虞的记载也便相应缺失，无从追溯了。无独有偶，在小溪镇玉溪村一座天门寺地藏王的记事碑里又提到，该寺系"明朝万历三年，由四约先贤张绍虞，举人蔡锡，举人林霞山，监生李仕林，国学曾宪儆，商贾朱觉等倡导兴建。"天门寺兴建时间比延安楼早8年，以此推断张绍虞应该算是当地一位比较知名的士绅贤达。另据张氏族人祖辈流传的说法，张绍虞应为万历年间闽南一带享有盛名的富商，毕生从事贸易，曾拥有十八条大船，将克拉克瓷、烟草、茶叶等平和特产沿九龙江经由海澄月港运往东南亚一带销售，攒下莫大家业。

2

值得一提的是，在明清时期，石牌坊系为表彰功勋、科第、德政以及忠孝节义所立的建筑，有很严格的等级限制，尤其贞节、孝义、功德牌坊，往往需由官府逐级上报，经当朝皇帝恩准，或由皇帝直接封赠方可建造，且一般只能建四柱三门，最高不超过七层。延安楼门前建有这种符合规制样式的石牌坊，是否有特别意义呢？

数百年来，琯溪张氏秉承孝友薪传，百忍家风，历代人文荟萃、英才辈出，仅明、清两朝即有10余人荣登进士、举人榜，其中较知名者，当属明朝景泰二年进士，曾当过云南道监察御史的"跛脚御史"张宽，以及曾任湖广按察副使的张惟方。

张宽（1417~1462），字周弘，琯溪张氏六世祖，为官清正廉明，在任颇有政声，据道光版《平和县志》记载，张宽中举之后，"尝捐谷三百石作南山陂千余丈，又割地为圳万余丈，以兴水利，乡人德之。"出仕为官前就为乡闾百姓做过许多善事，在族中有很高声望。张宽后人多有居于延安楼者，张绍虞亦可能为其后代。但张宽所处年代比延安楼早了一百多年，要说延安楼门牌坊系为彰其功而立，似乎太过牵强附会。

再来看看这个张惟方，道光版《平和县志•选举志》载明其为万历十一年癸未科进士，好巧不巧，张惟方金榜题名之时，正值延安楼基业骤起之际，这对琯溪张氏来说绝对是值得举族欢庆的天大喜事。据张氏族人考证，张惟方父亲与张绍虞系堂兄弟，张绍虞乘机在延安楼前建牌坊以旌表侄儿功名，也算是与有荣焉的一件盛事。

当然，张惟方进士登第按理也只有竖石旗杆的资格，但其仕途经历却不平凡，查光绪版《德安府志》可知，张惟方曾于万历辛丑年任德安（今湖北省孝感市）知府，其"理学渊湛，耿介不阿。一意锄奸厘弊，即权贵居间，不顾也。"道光版《平和县志·宦绩》又载："张惟方，字崇仁，号近初，由选贡登顺天榜，成进士，与温陵李廷机、福清叶向高理学气质相尚，称为'福建三君子'，授苏州教授，历迁湖广按察副使，期间抗权珰、削豪强、清宿蠹，不少屈挠。致仕家居，不以一刺干有司。著有《尚书宗旨》及《家训》《敬老箴》藏于家。"这里提到的李廷机、叶向高同为万历十一年进士，李廷机累官礼部尚书兼东阁大学士，并一度出任内阁首辅（相当于宰相），叶向高更曾于万历、天启年间两度出任内阁首辅，两人皆位极人臣、权倾朝野，尤其叶向高，更是唯一能够与宦官魏忠贤抗衡的人物。而张惟方无论在德安知府还是湖广按察副使任上都是实打实的四品官，虽比不上李、叶两位仁兄，却也算是位高权重、需要平民百姓翘首仰望的地方要员了，家乡为其修建牌坊以旌表功名也算恰如其分，并无僭越之嫌（据此推测，也可能是张惟方官居高位后，才在延安楼前加建一座牌坊以旌表其功名）。值得一提的是，据说"延安楼"三字系叶向高亲笔题写，叶向高工书法，尤擅草书，由其题写楼名，显得尤为珍贵。

与延安楼有关的历史人物，人们较常提起的还有两位，分别是曾为郑成功麾下"五虎将"之一的万礼，以及天地会创始人万五道宗。

万礼，大约在明万历四十年（1612年）生于琯溪后巷（延安楼），乳名张要（一说张耍），因母亡家贫，被诏安县二都官陂富商张子可收为养子，少年时热心习武，喜欢打抱不平，得罪了不少富贵人家，受乡里族长多次逼迫，不得不外出闯荡，广交朋友。崇祯年间，张要与一帮兄弟义结金兰，为表示"万人同心"，全部改姓为"万"，张要因此改名万礼，又称万大、万一。大家推举万礼为首领，揭竿起义，几年之间，队伍从几百人发展到两千多人。顺治七年（1650年）五月，万礼在施琅引荐下，带领两千多名义军投奔郑成功。因英勇善战、屡立战功，郑成功对万礼刮目相看，提拔为前冲镇总兵，又擢为后都督，与赫文兴、王秀奇、黄廷、甘辉并称郑军"五虎将"。顺治十五年（1658年）四月，万礼随郑成功大军北征，次年七月，与清军在南京城外大战，因误中清军缓兵之计贻误战机，郑军大败，万礼战死沙场。据说后世在台南延平郡王祠山门右侧建有一座"张万礼将军祠"，里边供奉有万礼将军雕像，与郑成功一起受众人膜拜。

万五道宗又称达宗，本名张木，明万历四十一年（1613年）生于延安楼，与万礼为堂兄弟。道宗少年时前往诏安凤山报国寺出家，后云游四方，广交贤士，成为明末清初闽南一带名僧。宗祯年间，道宗与张耍等人同组"以万为姓集团"，因道宗排行第五，故称万五。揭竿起义后，义军在乌山一带活动，万五道宗为义军出谋划策，成为实际的军师。万礼率军投奔郑成功后，万五道宗亦随军常住铜山、厦门等地。此期间，万五道宗和隆武年间任浙江巡抚，后投奔郑成功的卢若腾交往相知，又和郑成功本人及其部曲洪旭、黄廷、张进等人交好，得其协助，修建了诏安的长林寺和铜山的九仙岩观音堂外殿，自称"长林寺开山僧"。顺治十八年（1661年）五月，发生万二郭义和万七祭禄叛郑降清的"铜山之变"后，道宗回到诏安县长林寺。康熙十三年（1674年），三藩乱起之际，反清复明的浪潮再度掀起，造成时局纷乱，地方政权更迭频繁。其时，投靠万五道宗的蔡禄余部和"以万为姓集团"旧部在长林寺、上岩（关帝庙）和平和大溪的高隐寺一带活动。当此时机，早有反清复明之志的万五道宗带头成立了中国历史上最早的帮会组织——天地会

（注：天地会是明末清初秘密发起的民间组织，关于其最早创立的时间与地点至今尚无定论，从近年陆续挖掘的一些史料显示，闽南曾为早年天地会活动最频繁地带，其中高隐寺、长林寺均可能是天地会的主要活动据点）。

3

岁月如梭浪淘沙，无论是延安楼的肇建者张绍虞，还是张宽、张惟方等张氏先贤都已在人们记忆中渐行渐远，万礼、万五道宗两位近乎传说中的历史人物也不过是延安楼漫长岁月里的匆匆过客。昔时延安楼虽远离市井繁华，但楼内也曾住过百数十号人口，可以想象当时邻里往来其乐融融的热闹场景。如今的延安楼虽身处闹市，却因老态毕显，住户陆续搬离而门庭冷落。经过四百多年岁月的延安楼，除楼门牌坊保持原样外，整体概貌已改变了许多，楼内单元多有改造重建的痕迹，有部分单元被改为两层砖瓦房结构，二楼临中庭一侧铺设了阳台，仅个别单元保留了原来的三层夯土墙，整体显得不太协调，甚至部分单元屋顶已然坍圮，只有半堵残墙遗存。此时此刻，我不禁心生感慨——平和土楼何其多，处于县城周边的亦不在少数，近年来随着城区不断向外拓展，如玉溪高平楼、宝善圆楼与方楼、鼓楼（上楼）、合泰大厝等土楼建筑也已被纳入城区，与延安楼相比，这些土楼显得平淡无奇，更因无人居住年久失修，大都已坍塌破落，终将渐渐在人们的视野中消失。

相比之下，延安楼也许是幸运的，如今人们已经着手对其进行修缮保护，楼前原有一些搭盖民房已被拆除，露出一片空旷的场地，平整的花岗岩条石地面，与威严端庄的石牌坊和楼内中轴地面形成一个整体。毫无疑问，延安楼独特的建筑结构是富有一定文化底蕴，远非普通平民土楼能比的。离别之际，我不经意间发现，就在牌坊顶部，裸露的楼墙长出了几棵数米高的榕树，向苍穹蔓延生长的枝丫，似乎隐喻着延安楼在以另一种姿态，向人们展示着不屈精神与顽强的生命力。

（《闽南风》2021年11月号）

在平和县国强乡白叶村，提起玉明楼没多少人知道，只有等你说清楚方位，人们才会恍然大悟：你说的是新楼啊，咱白叶人习惯叫新楼，玉明楼的名字没几个人会去留意。话虽如此，但门楣上崭新的"玉明楼"三个字却是真实存在的。玉明楼所处，位于白叶村新楼社，系白叶村曾有过的八座土楼之一。经由207省道旧线，过了白叶大桥，往北拐进一条水泥村道至白叶村，隔溪远望的第一座土楼就是它了。

玉明楼为单环两层圆楼，通高7.6米，其中一层含楼板高3米，二层至屋脊高4.22米；楼体直径35.76米，加上宽0.9米的外台明，占地总面积约1108平方米，在土楼大家族中显得颇不起眼。楼门朝东南向，呈坐北朝南格局。大门为矩形木框，高2.56米，宽1.48米。楼内含门厅共计22个开间，单元进深7.1米，檐下内台明宽0.87米。楼埕直径18.16米，卵石埕面显得空旷平整，据说原有水井一口，住户搬离后，为安全起见把水井填平了。正对大门中间三开间为公厅祖堂，堂内设有先祖牌位，其余两边各9开间分别为住户。据了解，二楼原设有内连廊，可经由门厅一侧公梯上下，后内连廊被隔断取消，门厅公梯亦被拆除，各单元便互为独立，只能由单元内自用楼梯上二层。楼内各单元大多为矩形木门框，只有个别单元改为砖砌门框，门扇分内外双重，内重为密闭式木板门，外重为栅栏式半掩门。因属单环圆楼，各单元内未设小天井，一层便显得光线不足，栅栏式半掩门的好处，在于既通风采光，又可以阻拦放养的家禽进屋，也是一举两得。

外观玉明楼，无意中发现楼门两侧墙体上下风格不一，下半截墙体较之上半截墙体显然更为久远。带着疑问，我拜访了玉明楼人、乡土作家黄志耀。黄志耀说，要了解这些，首先得从建楼者、白叶黄氏十六世祖黄江河说起。

白叶黄氏系霄岭黄氏衍下，与曾被康熙皇帝授为"一等海澄公"的黄梧同宗，自十二世祖起由霄岭徙居白叶凤鸣楼，至十六世黄江河，因擅岐黄之术，常上山采药医治乡民苦疾，期间曾随亲戚渡海至台湾采挖名贵中草药，也算闯荡江湖见过世面，一年后回到白叶继续悬壶济世。后遇返乡省亲的黄梧裔孙、"世袭一等海澄公"黄仕简暗示点拨：此地"三水合一"，地势形如船头，可建圆楼以旺族裔。黄江河遂于乾隆末年于此修建了三间平房居住。因人口日渐增多，为日后发展计，黄江河在三间平房的基础上陆续加盖三间，并逐步扩大范围，将地基围拢成圆楼形状，修建了楼门，渐成玉明楼雏形。因真正兴建圆形土楼需要耗费大量人力、物力与财力，黄江河虽济世行医、广结善缘而深受十里八乡之人爱戴，但于经济上终究力有不逮，玉明楼建了一多半便停下了，直至近现代才又由后裔子孙继建，"大门左右两单元至1967年才最终完工，这也是外墙上下两截墙体新旧不一的原因。"黄志耀终于解开了我心中的疑惑。玉明楼始建于乾隆末年，但至上世纪60年代才完工，施工期前后跨越近200年，想来也是绝无仅有的了，而它在白叶村八座土楼中又是最后完工的，难怪当地人称其为"新楼"，反而对本名"玉明楼"不甚了了。据黄志耀介绍，"玉明楼"之名，系与白叶村另一座黄氏祖居土楼"凤鸣楼"相对应，"凤鸣楼"所处为"凤地"，建楼之后常闻凤鸣之声。黄江河出身凤鸣楼，以"玉明"呼应"凤鸣"，也有寄托美好心愿之意。

玉明楼看似普通，建筑上也有独特之处，细看正对大门的公厅祖堂，竟然是隐藏在土楼中的一层小屋，形成"楼中有屋"的独特格局。与寻常闽南民居"∧"字形屋顶不同的是，公厅祖堂的小屋顶呈倒"W"状，大抵因其隐于土楼中间，不必考虑雨天屋顶排水的缘故。这样的屋顶造型，在别的土楼中是不常见的。其余如祖堂檐梁之下的额枋、雀替，均雕工精细，祖堂外半掩门之木门簪，亦分别雕有葫芦、芭蕉扇等造型，从外观上看，建筑年代颇为久远。而靠近门厅之数单元，建筑风格相对简陋，应属近现代工艺了。

玉明楼依山傍水，北倚迎芬岽，南望崇仔林，清丽婉约的三条小溪涧如彩带般飘逸，在楼前汇流而成白叶溪，形成了"三水合一水"的地理格局，为玉明楼聚拢了源源不断的灵秀之气。俗话说"一方水土养一方人"，得天地之灵气，纯朴而勤勉的玉明楼人在这里倚楼而居，自霄岭黄氏十六世祖黄江河起，迄今已繁衍至二十四世孙，历经八代200余年传承。山村生活是清苦的，玉明楼人秉承耕读传家的祖训，在劳作之余注重培育子女，鼓励学有所成的年轻人走出山村向外发展，多年来人口陆续外迁，至上世纪六70年代，仍居于玉明楼内的黄氏人家计有9户38人。近年人口又不断分衍，如今约有16户人家近70个人口，只是大都已搬出玉明楼，住近了附近新建的楼房了，年轻之黄氏子侄，更纷纷外出闯荡世界，每逢年节方回到玉明楼寻找旧时记忆。踏访玉明楼时，偶遇一个开着奔驰车的年轻小伙，黄志耀说，这也是玉明楼走出的才俊，如今在泉州办企业，也算是年轻有为的青年企业家了。

从小在玉明楼长大的黄志耀年近六旬，仍然身板挺直、精力充沛，说起玉明楼的历史滔滔不绝、如数家珍。这是个带着几分传奇色彩的汉子，中学文化，行伍出身，经过自身努力成为一名乡镇供销系统干部，工作之余回到白叶村种上几百株柚子，日子过得颇为滋润。"亦工亦农"是平和县许多干部职工身上特有的标签，然而黄志耀身上的标签不仅止于这些，他不但写得一手好字，还曾潜心研习医理，掌握了不少中医古方，颇得几分先祖真传。此外，黄志耀还常常利用业余时间行走乡间，勤于搜集、整理历史人文资料，挖掘地方民间故事，有散文故事集《平和有故事》等多种著作问世，并于2015年加入省作家协会、2019年加入中国民间文艺家协会，成为一个自学成才的乡土作家，目前身兼市民间文艺家协会副主席、县民间文艺家协会主席等多项社会职务。耳濡目染之下，黄志耀的大儿子也喜欢上了舞文弄墨，是一名小有成就的青年书法家和摄影家。黄志耀的家庭因此被评为第三届福建省"书香之家"，成为平和县唯一获得本届殊荣的家庭。

丰富的经历与阅历，使黄志耀身上既有农民本色的耿直与憨厚，又不失文人的睿智与谦和。多年来，他热心公益、关注家乡发展，在他的积极倡言、参与下，玉明楼成为白叶新农村建设的一个示范点，经过各级政府有关部门的帮扶，几年来硬化了村间道路，疏浚了白叶溪河道，并对玉明楼周边环境进行综合治理，配套建设了标准篮球场，改造旱厕、拆除猪圈，沿溪两侧还开辟了休闲公园，园内修筑亭台、栈道，配备石桌石磴，使之成为村民休憩、活动的好场所。如今的玉明楼，传统土楼与现代建筑并世而立、交相辉映，到处充满了勃勃生机，村民生活富足而安逸，成为新时期农村发展的一个真实写照。

第二辑

故园·故事

赶了个大早从漳州驱车一百多公里，抵达其明老哥家的时候还不到上午10点。本想喝杯茶就直奔十几里外的东槐村，不承想其明家女人非得留我们吃中午饭，并且指着窗外说，就我做饭这会儿工夫，先让其明侄子带你们去绳武楼看看，误不了行程。我这才醒悟，绳武楼就在其明老哥家斜对面，隔着一条30米宽的芦溪河隐然在望。在土楼家族中，平和县芦溪镇的绳武楼无疑是出类拔萃的，身为全国重点文物保护单位，其以工艺精湛、做工精细、雕刻精美著称，仅木雕就有600余处且无一雷同，被誉为最精致的福建土楼。近年有太多人慕名而来观赏、游玩，写下了不少赞誉有加的文字，渐渐令其声名远播。相约不如偶遇，既然绳武楼就在眼前，我若再避之便显得矫情了。

芦溪河自东而西流经地势平缓的蕉坑尾谷地，河面平直，流水清幽。几棵十数米高的柏树、榕树临水耸立，令绳武楼有了"犹抱琵琶半遮面"的羞涩之态。出其明老哥家北行百多米，跨过一座桥，眼前出现一片数亩见方的卵石停车场，迎面就是端严矗立、体态俊美的绳武楼了。偌大的停车场，原先想必是一片稻田，曾经"风吹稻花香土楼，我家就在楼上住"的。如今土楼不住人，稻田更是了无踪迹。上午时分，游人少至，绳武楼略显冷清，几位村民在门厅闲坐聊天。楼内青砖墙面，卵石楼埕，显得干净而空旷。24个单元拱券门整齐排列，大多单元紧闭门户，只一家开着门，有村妇在门内摆了个土特产山货摊。见人进屋，淳朴的村妇不兜售货品，反倒是忙不迭地让座泡茶。顺着来者打量厅堂木雕屏风的目光，一边又眉飞色舞地介绍起来，这个是石榴，石榴籽多，寓意多子多孙；那个是五色茶花，代表五世同堂；边上芭蕉叶串铜钱是招财进宝；中间龙形图案是望子成龙；这两侧对联看似图案，其实雕的是字，一边"福禄寿全"，一边"孝悌忠全"……村妇的介绍不失朴实与真诚，一如杯里溢出的茶香，带着浓浓的土楼味儿。

引领我们进楼的其明侄子打开正对大门的公厅右侧一单元说："这是我舅家，我幼时曾在这里住过。"又说，"楼内其他单元楼梯只能上到二楼，唯独舅家可直通三楼。"循梯至二楼，推开窗户，外边是个独立小阳台，阳台面与窗台平齐，离楼板高度一米有余，其最大的功用不外乎晾晒衣物。及至三楼，内侧有一廊道连通整个楼层，房间与廊道之间以木屏隔断。几个人绕廊道走了一圈，由门厅右侧的公用楼梯下楼。其明老哥插话说，侄子的外公叶武在民国时期当过芦溪乡长，在当时也算是个厉害人物。我不由对这位曾经的绳武楼主人产生了兴趣。

查阅叶氏族谱，并从居于绳武楼外的叶武之子叶四海口中了解到，叶武系芦溪双峰霞塘荸叶楼人，芦溪叶氏第二十世孙。少聪颖而具谋略，曾担任民国时期芦溪乡长、安厚乡长、大溪镇长等职务，于地方多有政绩而受民拥戴，但因"白皮红心"，与闽西南革命武装多有往来而不被民国政府重用。抗战胜利后，卸任乡镇长等职的叶武被安了个县"参议员"的闲职。期间携眷回到芦溪，以24石米的代价购得蕉坑楼（即绳武楼）内一单元，加以整修改造后作为安居之所。

1948年农历正月十四日凌晨，蕉坑楼（时为芦溪乡公所驻地）发生了游击队攻打芦溪乡公所之战。闽粤赣边区总队闽西支队根据边委"实施小行动、筹划大行动"的指示，派出40余名游击队员彻夜潜入芦溪，在蕉坑楼外伺机而动。"蕉坑楼墙体掺有糯米红糖，墙土中间夹有竹片为筋，寻常炮火无法攻破，楼门顶又布有防火水道，火攻也难奏效。也是机缘巧合，那天住在楼内的乡公所伙夫天未亮就起来做饭，出门抱柴火，刚打开楼门就遇到六七个游击队员涌进来，大门就关不住了。"叶四海回忆说，"当时我还没出生，也是我阿姆多事，听到动静后起来开门探望，被一个游击队员用枪指着胸脯逼问乡长叶文嵩行踪，我阿姆吓得腿脚发软，凑巧这时有个乡丁朝游击队员打了一枪，游击队员转身追赶，我阿姆急忙关门上楼，当天就受惊吓生下了我。"那天的蕉坑楼之战颇为激烈，闽西支队当场击毙乡丁叶和春，活捉并枪毙了时任乡长叶文嵩，缴获长短枪40多支和子弹数百发。正在家中陪妻待产的叶武则钻进三楼谷仓逃过一劫（此役1994年版《平和县志》有载）。

攻打芦溪乡公所之战后，闽西支队又乘势攻下维新乡公所（今秀峰乡），极大地打击了反动势力的嚣张气焰，为日后芦溪和平解放创造了条件。蕉坑楼（绳武楼）之役过后，叶武出任县自卫团总团副之职。1949年6月15日，闽粤赣边区纵队第八支队所属第13团、19团和21团从永定湖雷出发挺进芦溪，为迎接南下大军做准备。与革命武装早有往来的叶武得到消息，于6月20日决然率领70多名部属，连带45支长枪、6支短枪和子弹数百发，从县城九峰返回绳武楼投诚起义，芦溪宣告解放。1949年8月1日在芦溪成立平和县第一区人民民主政府，并在芦溪圩溪滩上举行盛大的解放芦溪庆祝大会。平和县全境之解放始于芦溪，可以说叶武的率部投诚，致使县自卫团力量遭受重创，对促进平和县和平解放具有积极意义。芦溪和平解放后，叶武曾经参加过解放诏安秀篆等战斗，后在平和县人民政府支前办任职。

从叶四海家出来，恰逢一辆旅游大巴满载游客前来观光，绳武楼内一时人流如潮、热闹非凡。人们观赏、拍照，无不对各处的精美雕刻指指点点、赞叹不已。有眼尖的游客发现，楼内墙体均为青砖墙面，唯独右侧第五面山墙却是黄土裸露，显得与众不同，缘何如此，土楼后人亦语焉不详。据载，绳武楼为芦溪叶氏第十八世太学生叶处侯开工兴建，其子贡珠续建，前后历经嘉庆、道光、咸丰、同治、光绪五朝，至光绪元年方告完工。难得的是，绳武楼落成迄今140余载，虽历经战火硝烟，仍保存完好，除部分雕刻构件被盗散佚以外，楼体结构几无破损，仅大门顶处的门楣条石出现一道裂痕。这也是文化遗产保护中的一件幸事吧。不可否认的是，与绳武楼有关的历史记忆，有些沧桑沉重，有些却也轻松唯美。对于大多数游客来说，能够在玩赏之间获得轻松愉悦的观感便已足够，他们不会去刻意关注一些相对沉重的历史记忆。

（《福建乡土》2018年第2期）

想起一首诗："你见，或者不见我，我就在那里，不悲不喜……"这样的诗句，用在眼前的土楼玉楼春身上应该是贴切的。玉楼春位于平和县崎岭乡南湖村下楼社，距有着800多年历史的古刹天湖堂不过两三百米。因楼体不高，隐于南湖村众多楼宇之间显得其貌不扬，故而常被人忽略了其作为土楼的存在。独特的楼形外观，加上门楣处以唐宋词牌名"玉楼春"为楼名的匾额，令我产生了前往踏访的想法。

1

那是一座双重复式方形土楼，呈坐东朝西布局。由空中俯瞰，整座玉楼春外观方正，内外两重楼体呈"回"字形结构互为嵌套。这样的格局在闽西南土楼中即便谈不上绝无仅有，也是极为鲜见的。楼体分内、外两重，外楼两层，高8米，南北面宽73.2米，东西进深81.5米，占地总面积近6000平方米（约8.95亩）；内楼四层，高16.5米，南北进深36.5米，东西进深34.5米。外楼、内楼各设一道西向大门，两门相距约25米，之间是宽敞通透的中轴通道。外大门为土木结构牌楼式门楼，内外共计八根檐柱撑起斗拱燕尾脊屋顶，方形木门宽1.73米、高2.85米，门楣处嵌一匾额，上书"玉楼春"三个镏金大字，门框两侧镌有一副对联，上联"松木公椒木叔俩木成林分公叔"；下联"崇山宗岐山支二山叠出别宗支"，系清代道光癸未科状元林召棠所撰（注：林召棠乃广东吴川人氏，该联原题于广东恩平县"林家祠"）。内大门为花岗岩方框套弧形拱券门，宽1.71米、高2.78米，门顶横梁左右雕有圆形梅花纹门簪各一枚，门楣处匾额为阴刻楷书"梅阳王柱"，两侧门柱未镌楼联。楼内屋舍为两进两落单元式结构，外楼计94单元184个房间，内楼计20单元76个房间，合共114单元260个房间。每单元前后两落以小天井隔开，前落多为灶间，后落一层呈前厅后房格局，外楼二层以上为卧房，内楼二层多为仓库，三、四层方为卧房。内楼正对大门为公厅，面宽约5.8米，进深9米，一层祀奉林氏历代先祖牌位，二层供奉保生大帝、观音菩萨等神明香火。各单元设独立楼梯上下，外楼各层未设互通连廊，内楼二层以上设有内连廊，大门一侧设有公用楼梯可供上下。

内楼中庭为一块边长约13.7米的正方形楼埕，地面铺设不规则卵石，左边有一口六角形水井，历经数百年而水犹清冽。内楼与外楼之间西侧为宽敞的中轴通道，南北、东侧为宽度2、3米不等的巷道，旁边散布着大小不一的石凳，成为邻里纳凉交往的场所。屋檐下侧设有内台明，台明下方排水系统设计合理，设有明渠暗沟互为衔接，哪怕暴雨骤袭亦能保证楼内水流通畅，不致发生洪涝灾害。

观之玉楼春，虽非平常所见之圆楼，外观也不显山露水，却极具防御功能，内、外大门均厚实坚固，楼墙最厚达2.4米，门边墙体布有防火水道，外楼东西南北四个角落又设有隐秘暗道，内楼南北角落两个单元开间亦设有暗道，遇到危急情况，族人可经此联络村外，称得上攻防兼备、进退自如。独特的楼形构造外加巧妙的防御功能设计，使玉楼春存世数百年而固若金汤，不但在兵荒马乱的年代曾经多次抵御来犯盗匪，更在清朝同治年间曾被太平军放火焚烧过，最终凭借其独特构造和防火系统而得以幸免于难，如今楼门犹存昔时火烧炭黑的痕迹。

2

据了解，玉楼春为下楼社林姓氏族的世居祖宅。据年逾八旬的当地退休老师曾四夷查阅旧谱考证，玉楼春系林氏先祖于明嘉靖四十三年（1564）七月二十日奠基，嘉靖四十五年（1566）十一月初八日落成，工程历时两年零四个月，耗银两万一千三百两。据此，玉楼春已有450余年历史。另据"崎岭林氏宗亲会"林秋明搜集整理的资料显示，下楼林氏先祖日明公系唐九牧大房苇公之后、崎岭林氏始祖肇基公次子。大约于元末明初，日明公与其兄日清公一道辗转至此，日清公卜居承卿（今崎岭乡诗坑村），日明公则携眷择居南湖大铺寨（今天湖堂所在地）。为谋生计，日明公率家人在附近的"黍仔铺"垦荒造田，开发霞厝塘（今下楼）、钟地洋。衍传至六世静轩公，乃于霞厝塘筑建楼房安居，户口逐渐衍增。后裔延播至崎岭顶寨、芦溪九曲楮树坪等地，近代有宗亲迁居霞寨、小溪、山格、南胜诸乡镇，亦有外迁南靖、漳州、龙岩、三明、福州、潮州、汕头、北京等，部分徙居台湾地区和马来西亚、印尼、菲律宾等地蕃衍。

南湖村是个有着5000多人的行政村，也是崎岭乡人口最为集中的村落，玉楼春所处正是南湖村中心地带，旧时称"霞厝塘"、"霞厝田"，或以楼名称为"玉柱楼"、"玉楼春"，时至近代方简称为"下楼"或"霞楼"。彼地地势平缓、视野开阔，立于楼前空地眺望，西端为绵延起伏、形若笔架的三墩山峦，北面则为魁伟雄奇的大帽山，东首所偎正是千年古刹天湖堂所处、名曰"倒弹琴地"的庵寨坪；往南则是隔溪相望的虎路尾、马尾须及石狮岩诸峰。四面环山的地理格局，使得玉楼春处于南湖这个"聚宝盆"的中心点，在当地素有"鲤鱼在湖""鲤鱼撞钟"之说。林氏先祖择居于此并肇基伟业，可见颇为耗费心思。偶有前来探访者，常将内门匾额上"梅阳玊柱"中的"玊"字读成"玉"，实则不然。查《康熙字典》可知，玊，"玊工也。朽玊也。"下楼社林氏宗贤、退休教师林发奖先生解释说，"玊"在这里含有璞玉之意，意在勉励子孙后代质朴内敛、重内在修养而轻外表浮华方能成大器。而外楼大门匾额所书"玉楼春"系始兴于唐、流行于宋的词牌名，多写花间尊前情事，唐宋江八大家之一的欧阳修所作尤多。以词牌名为楼名，这在成千上万座闽西南土楼中恐怕也是绝无仅有的，无形中为这座不起眼的土楼增添了浓郁的文化气息。

3

就是这么一座平淡无奇的回字形土楼，在上世纪20年代的峥嵘岁月里，曾经烙上一道鲜艳的红色印记，值得人们永生铭记。

时光回溯到1928年3月8日，在中共平和临时县委组织领导下，平和人民举行了震撼八闽的平和农民武装暴动。暴动委员会由朱积垒任总指挥，罗育才任副总指挥，以长乐乡农军为主体，联合饶平、大埔部分农军共计1000多人分3路攻占县城，救出被捕的农友，并将没收反动豪绅的财产分给农民。平和暴动被赞为"全福建暴动的先声，是福建空前的壮举，是福建工农兵平民自求解放的信号"，推动农民革命运动蓬勃发展，在我党革命斗争史上，特别是在福建早期的武装斗争中写下了光辉的一页。平和暴动中，以玉楼春为基地的崎岭乡农会（亦称"霞楼农会")扮演着重要角色，也谱写了辉煌的革命篇章。

平和暴动的主要领导者之一朱思（1905~1930），原名朱锦联，九峰复兴村人，1927年初随朱积垒到漳州出席中共闽南特委成立大会，会后受党组织指派到崎岭南湖村霞楼社开展革命工作。朱思常驻玉楼春林文浩家中，以玉霞小学教员身份为掩护，深入周边二十几个村庄宣传鼓动，很快发展了60多个农会骨干，成立13个农会小组，并以林文浩家为活动地点组建中共崎岭支部，发展党员和入党积极分子，在玉楼春播下了工农革命的火种。

1928年1月6日，时任中共平和县委副书记兼农会秘书长的朱思在霞楼主持成立崎岭乡农民协会，亲自起草《平和县崎岭乡农民协会成立宣言》，指出"农民协会便是我们的力量、便是我们自己的武装，我们要用我们自己的力量解除我们的痛苦；我们要用我们自己的武器，打倒我们的敌人"。农会在玉楼春楼前聚会、游行，号召并联合被压迫广大会友开展"五抗"斗争。同月，朱思带领农会成员参与了朱积垒组织的县署请愿活动，朱思和杨文元及时在县城组织一百多名工人、学生、店员前去助威，要求释放被捕农友，提出"五五减租"、免除"铁租制"、"新粮捐"、"田头鸡税"等苛捐杂税，从经济上打击贪官污吏，为开展武装暴动埋下伏笔。

武装暴动前夕，平和县临委部署，决定采取"声东击西，引敌出城"的战术，先行袭击崎岭豪绅曾锦江的"永茂号"布店（址在现天湖堂），以诱使县城之敌分兵出城，达到各个击破，歼灭敌人目的，为武装攻占县城创造条件。3月6日晚上，县临委、县农会、县暴委等领导成员王炳春（福建工农革命军独立第一团参谋长、南昌起义军事干部、饶平赤卫团长）、朱思、朱赞囊、曾浴沂等以玉楼春为据点，在林文照家里秘密召开崎岭乡农会骨干和积极分子会议，传达县临委关于举行武装暴动的计划决定，部署袭击"永茂号"布店的战斗。

3月7日，时逢崎岭天湖堂举行"保生大帝"入庵仪式，在庵寨坪演戏，群众聚集，十分热闹。傍晚，县武装排和崎岭农军约两百多人，在王炳春、朱思、朱赞囊、曾浴沂的指挥下，由农会积极分子林两山、林建宁、林祥凤领路，分别从山后、南陂、石鼻头向庵寨坪进发，一面包围"永茂号"布店，一面派人登上戏台宣传讲话，阐明县临委决定今晚袭击曾锦江的布店，目的在于铲奸锄恶、为民除害，为保证战斗胜利，避免发生意外，请大家不必惊慌，不要走动，待战斗结束后继续演戏。在场群众听到宣传讲话后，都安静地在戏场等待。县乡农军冲进"永茂号"布店，四处搜查，却找不到豪绅曾锦江，原来曾锦江已在农军包围袭击前闻讯逃往县城九峰。农军将"永茂号"布店放火焚毁，店内财产全部没收，一部分分给农友，其余运到玉楼春派专人看守，后卖掉将款项作为农会活动经费。

崎岭农军袭击"永茂"布店后，县署连夜派一支保安团官兵前往救援。保安团不知虚实，害怕遭农军围歼，不敢开进南湖，走到合溪中板田村庄就停了下来，驻扎在大路面小山坡上。3月8日凌晨，震撼八闽大地的"平和暴动"顺利打响，按照县农会的计划部署，县武装排和崎岭农军迅速向县城进发，汇合各路农军攻打平和县城。路经中板田时，保安团开枪阻拦，农军立即发起攻击，击溃敌人后奔袭县城，因途中遇雨，又受苏洋民团阻击，未能按时截击外逃之敌。暴动过后，农军主力做出战略转移。由于国民党白色政权进行疯狂反扑，大肆搜捕霞楼农会骨干，迫使大批参与暴动的玉楼春子弟背井离乡避难（当地称"走反"），有的甚至远渡重洋到马来西亚、新加坡、台湾等地谋生，直至近年方有子孙后代回乡谒祖认亲。

平和暴动，在玉楼春烙下了一道浓厚的红色印记，留下了可歌可泣的历史见证。

历史记忆，总是充满了沉甸甸的厚重感。时代在发展，社会在进步，城乡面貌发生了巨大变化，土楼人家大都搬离土楼住上了新居。在这样的历史进程中，众多闽西南土楼渐渐成为了人们记忆中的一个符号。据了解，在上世纪50年代"人民公社化"时期，玉楼春曾遭受严重破坏，部分墙体被挖去当生产资料，甚至传出熬煮墙土可提炼出一种俗称"白仔"的硝铵物质的说法。尤为可惜的是，内楼第四层被人为拆除，自此往后，玉楼春也便逐渐没落。如今所见，楼之高度二、三层参差不齐，个别单元因年久失修而坍毁，整座玉楼春日见荒凉而式微，终究难窥往昔风貌了。

（《柚都平和》2018-11-5）

风雨迎薰楼

常于乡间行走，在意的不是山川之秀美、陇亩之丰盈。实际上同一地域的自然景象，大抵无甚差别，惟其人文，或因族姓习俗不同、或因经济发展不一而有所迥异。其如眼前所见之迎薰楼，与众多闽西南土楼相比，亦泯然无异矣。然而因为楼门前竖有两副旗杆石，使得这座隐于深山乡野间的土楼似乎又有了些微与众不同之处，令人忍不住前往一观。

迎薰楼在国强乡白叶村，一个地处闽南最高峰大芹山东麓的偏远小村。犹记得数年前我曾至白叶村拜访当地的农民作家黄志耀，回来后写过一篇《白叶散记》，其中有一段关于迎薰楼的记述："更有那充满传奇色彩的迎薰楼，不但走出了嘉庆举人张士凤和道光进士张瑞龙，更有幸成为闽南革命志士陈天才从事革命活动的基地，也成就了张茂田、张水丁、张田金三位革命先烈的英名，在闽南革命史上写下了浓墨重彩的一笔。"实际上彼时的我虽对迎薰楼历史有所耳闻，却因行色匆忙未曾真正踏访过。

楼在半山腰，自黄志耀家驱车出发，沿曲折的盘山村道瞬息可达。那是白叶溪谷地一个略显空旷的开阔地带，周遭四面皆山，诸峰呈北高南低走向，北坡峰峦绵延起伏，南面溪流迂回潺湲。迎薰楼因地制宜，出门即有了居高望远的层次感。这是一座单环式三层圆楼，朝南而开的楼门为辉绿岩条石方框套拱券门，门宽1.49米，高2.76米，配内外双重木门扇，今仅遗内重门扇；门楣处左右各置一大一小两枚方形门簪，上方为白灰抹底楼名匾额，墨书"迎薰楼"三字显然为后人补题。楼外设有宽0.94米、高0.68米的外台明。踩着门前五级踏跺进楼，穿过门厅，眼前是长满杂草的楼埕。楼内共计26个开间，每个开间均为独立单元。因楼为单环结构，未设前落和户内小天井，单元含墙进深不足9米，使得直径23.52米的楼内中埕显得较为空旷。各单元有斜梯通往二、三层，三层靠窗一侧又设有环楼一周的外通廊，可经由门厅公梯上下。与别处土楼略有不同的是，迎薰楼内未置水井。据引领参观的迎薰楼人张明石介绍，早年楼内曾经开挖过一口水井，但出水浑浊无法饮用，又听堪舆师言，迎薰楼乃龙船地，楼前广场高处为船头，楼埕则为船腹，船腹入水是为大忌，只好将已开挖的水井填平恢复原貌。好在迎薰楼背靠深山密林，楼内居民取水并无不便。

转身出楼，门外为一占地千余平方米的广场，外侧比内侧高出约半米。广场右前方竖着两副旗杆石，一副为"嘉庆戊辰年恩科举人张士凤立"；另一副则因年久风蚀而字迹模糊，据言系道光年间进士张瑞龙所立。广场左侧前望，一棵数百年古榕树盘根错节，隔着水泥村道外侧是一口椭圆形水塘，水能聚财，有水即有灵气，水塘的存在，大抵弥补了楼内无井的缺憾；站在广场外侧，远可眺望周遭逶迤群山，近则俯视田畴、河汊交错，楼房、道路互通，一派和谐景象。

迎薰楼是白叶村唯一的张姓聚居地，如今居于楼外的张姓人家约有400余人口。往前追溯，白叶张氏系自平和马堂张氏分衍而来。据张明石家藏"迎薰楼张氏族谱"记载，白叶张氏开基祖系马堂张氏十二世肃良公。肃良公居于白叶之时，"以祖家窎远，岁时艰于祭祀，遂创上下二祖祠，其一今迎薰楼，一为将军堂"。彼时，肃良公所创祖祠一曰将军堂，祀奉曾祖牌位，一曰顶厝祖祠（即今迎薰楼所在），祀奉高祖牌位，二者皆在白叶境内。乾隆庚寅年（1770），"叔侄以时风渐不古，处议建楼为固守计"，肃良公子孙后辈聚集商议建楼防御盗匪滋扰，请来风水先生勘察地形。风水先生踏遍周遭山水，独相中顶厝祖祠所在之地，"建楼于此，岂不屹然巨观！"遂诹得吉日良辰，于乾隆辛卯年七月，就在顶厝祖祠原址动工筑楼，历时约一年，至次年秋季完工。楼计二十六间，扣除门厅及对面祀奉高祖牌位的祖堂公厅，两侧各十二间，合共二十四间，肃良公派下六房子孙，每房分得四间。楼名迎薰，"盖取其坐北面南、薰风时至，亦以寓解愠阜财之望也"。查阅《吕氏春秋·有始》可知："东南曰薰风。"唐白居易又有《首夏南池独酌》诗："薰风自南至，吹我池上林。"另据《孔子家语·辩乐解》："昔者舜弹五弦之琴，造《南风》之诗，其诗曰：'南风之薰兮，可以解吾民之愠兮！南风之时兮，可以阜吾民之财兮！'"可见"迎薰楼"之名意蕴颇深。

张明石家藏族谱录有一篇《迎薰楼记》，应为肃良公裔孙翼山公所作，文中所述"叔侄"即肃良公六子笃毅公、裔孙翼山公，"董其事者房各一人，而立章程、司出纳则六叔独肩其任云。"可见，迎薰楼构建成型，肃良公六子笃毅公功莫大焉。

在迎薰楼人心目中，白叶张氏开基祖肃良公算是个厉害人物。据张氏族谱记载，肃良公乳名妙，生于康熙丙午年（1666），卒于乾隆戊午年（1738），其父明掀公五十余岁方得一子，"欣喜有后，爱惜如珍，共相抚养以翼其成人……时海疆余气未靖，朝廷颇重武事，公弓马人才出众，遂游武庠"，聪颖勤勉的肃良公十几岁便参加童生试取得"武庠生"

身份。然而明掀公夫妇不幸于三个月内相继亡故，肃良公"哀毁成疾，不能起居"，就此学业中断，未酬素志。尔后数年，又屡遭"丁内艰"之痛，"葬祖妣赖氏于洪胜坑，葬曾祖妣黄氏于后山，葬九世祖考本乡北山之巅"，纵使张家颇有赀产，亦经不起再三折腾而日渐衰落。

肃良公遽遭家庭变故之痛，常以未能读书成名、泽及生民为恨，遂在祖堂"将军堂"旁兴建学馆"宝翰居"，延师教授族中子弟。其教育子孙为人当以谦让勤俭为主，常说"居家不可奢，奢则家道难成；处世不可横，横则祸必立至。"以此"劝后联"作为家训题挂于壁，并立规警示后人："若吾子孙有蹈此者，非我族类也。"多年以后，邑尊周芬斗下乡体察民情时曾借宿于宝翰居，见墙上所题挂肃良公家训，大为赞赏："忠厚谨严，纤悉尽致，足为善后之秘。"赞叹之余，又将其揭下取走，说："吾将此以示子孙也！"。周芬斗系安徽桐城人，雍正十三年举人，曾于乾隆乙丑年至戊辰年任平和知县，著有《波余集》、《入蜀集》、《余庆堂诗文集》等，为人素喜结交文士，常于工作之余召集文人墨客吟诗作对、谈古论今。能被周芬斗推崇备至并见猎心喜，可见肃良公之家训自有独到之处。令人惋惜的是，如今"宝翰居"已毁，当年肃良公立下的诸多家训警言亦多失传，仅上述"劝后联"、《将军堂祖祠记》、《九世祖风水记》等遗存后世。

良好的家风传承，哺育、鞭策着一代代迎薰楼张氏后人，他们一方面耽于农耕，一方面苦读诗书，以期科考成名、振兴家业，今迎薰楼前仍存旗杆石即为例证。举人张士凤，于道光黄许桂版《平和县志》记载："嘉庆十三年戊辰科中"；至于道光进士张瑞龙，固然未见地方史志记载，但敢在迎薰楼前竖起彰显功名之旗杆，想来非泛泛之辈。

时光荏苒，至近现代，坚固的迎薰楼又曾在闽西南革命斗争中写下了光辉的一页。迎薰楼背后为海拔近千米的大山迎薰崇，越过迎薰崇即是高坑乡山内片（今平和县国强乡三五村一带）。1935年，中国闽南特委在山内成立了党支部，首任支部书记陈天才常深入附近各乡村发动群众、开展对敌斗争，为建立大芹山根据地积攒力量，与内山片仅一山之隔的白叶村成为陈天才活动的主要基点村。张明石指着楼内祖堂西侧一单元说，当年陈天才到白叶村从事革命活动时，即与其爷爷张文章一起住在这一间，某天白匪来袭，被堵于迎薰楼内的陈天才在张文章帮助下从三层后窗攀绳而下，沿着楼后小径直奔后山密林，顺利躲过白匪追杀。在陈天才的宣传发动下，大批迎薰楼人投入革命的洪流，涌现了张茂田、张水丁、张田金等革命先烈，成为迎薰楼可歌可泣的染血记忆。

岁月在指缝间悄然流淌，稍不留神，迎薰楼张氏在白叶肇基已过去数百年，无论当年的肇基者肃良公，还是举人张士凤、"进士"张瑞龙等先贤，都已成为一种历史符号，随着岁月流逝渐被世人淡忘；没有例外的是，作为承载历史记忆的载体，迎薰楼也在岁月流逝中走向没落。唯有肃良公之良好家风传承，却可以绵延不绝、永沐后世。

打开电脑文档敲下这个题目，我实际上已经将庄上大楼当作一座城，而非寻常土楼来看待了，更何况在当地人眼里，这就是一座货真价实的"庄上城"。没错，这里重点突出两个字，一个"大"，另一个"城"。

一起去看看吧。

庄上大楼在大溪镇庄上村，由镇区往西，沿村道行数百米可达。与常见的圆形土楼或方形土楼不同，那是一座不规则的异形楼，南、东两侧呈圆角方形，北、西两侧呈圆弧状外凸，由空中俯瞰，形似一个倒置的大葫芦。在占地规模上，庄上大楼在土楼家族里可谓无可匹敌，整体南北长约224米，北端东西宽约190米，南端东西宽约120米，周长超过700米，这样的尺寸，在已知土楼中无出其右者。而说庄上大楼是一座"城"，则不惟其大。古时有一门为寨、二门为屯、三门为堡、四门为城的说法，庄上大楼西、南、北面各开一门，东独开两门，整座大楼合共五个大门，与寻常土楼只设一个大门、最多增设一辅门相比，称其为"城"并不为过。

楼体为单元式结构，因依山而建、地势不平，各单元高度、层数不尽相同，东面楼高三层，往西随着地势渐高，有些单元变为两层。整座大楼共计142个开间，各开间进深不一，大多为单落一进式结构，也有两落夹一天井的两进式结构。大楼主体外墙下部分为高低不等的卵石墙基，上部分为夯土墙体，部分为土坯墙体，内墙为青砖立面，单元门为砖砌拱门。楼内西半部分围着一座高近10米的小山丘，山坡有卵石铺面，却掩不住绿草茵茵，一条卵石小径迂回通往山顶，山顶有一片平地可供晾晒谷物，北边又筑有可驻足观景、可稍坐纳凉的亭台廊道，廊道周边巨树参天，浓阴蔽日。小山西侧错落分布着一些民房。楼内东半部分地势较为低平，矗立着四座祖祠和葆真斋、毓秀堂、半天寮等庙宇宫观式的公用建筑。其中保存最为完好的为正对东门的祖祠"永思堂"，为明清时期建筑风格，造形古朴，木雕构件十分精美，极具观赏价值，祖祠前竖有四副石旗杆座。楼内埕面以卵石铺设，埕边有4口深水井，周围排水沟纵横交错。尤为奇特的是，在庄上大楼南面另有一座方形圆角、独缺北墙的小形土楼"岳钟楼"与庄上大楼紧紧依偎，成为名副其实的"寄生楼"。而在东门外则有一口数亩见方的水塘，天晴之日，水光激滟，古朴的庄上大楼和奇峰秀丽的灵通山在水中相映成趣。整座大楼，形成楼中有山、山中有房、山顶有亭、亭边有树、山下有庙、楼外有楼、楼边有水、水中有景的复杂格局，各类建筑杂然分布，俨然一座五脏俱全的小城堡。

庄上大楼的建造年份说法不一，有说始建于清朝顺治十一年（1654年），也有说明朝万历二十九年（1601年）开建、耗时76载方告完工。后世较为认可的说法，是建于清朝康熙年间，由叶冲汉发起主持。查阅当地族谱可知，叶冲汉系平和芦溪叶氏"三春"均礼公（明春）后裔，均礼公四孙兴章公于明朝中叶自芦溪移居大溪成为大溪叶氏开基祖，传至叶冲汉刚好第十世。尝闻，时有琯溪人张耍，幼时家贫，被诏安县二都官陂富商张子可收为养子。张耍少年时热心习武，喜欢打抱不平，得罪了不少富贵人家，受乡里族长多次逼迫，不得不外出谋生，到处闯荡，途经大溪庄上村时，结识叶冲汉。叶冲汉为人仗义，喜交天下名士，见张耍一表人才，日后恐非池中之物，遂与其义结金兰，留居数月，时常一起喝酒练武，感情甚笃。尔后，张耍和一帮兄弟在诏安二都犁壁大山聚众造反，兄弟皆"以万为姓，永结同心"，张耍改名万礼。后世称为"以万为姓集团"（万礼死后，"以万为姓集团"余党于清朝康熙十三年（1674年）在闽南创立了天地会）。顺治七年，万礼在施琅引荐之下，率领2000多名部属投靠郑成功，随郑成功征战沙场，屡建奇功，成为郑军"五虎将"，官封厦门水师提督，统辖闽南各县。因有结交关系，万礼借往诏安九甲、平和一带筹措军粮之机，将大溪一带的税赋大权交给叶冲汉办理，并免去其个人税赋。当时许多佃农交不起田税，叶冲汉就出一告示："若佃农将田归我，一亩给五块白银。田归佃农耕作，收三石谷，佃农得二石，一石交田租，当面立田契。"告示一出，远近佃农纷纷将田卖给叶冲汉。拥有了大量良田，又可免交税赋，使得叶冲汉腰包渐鼓，开始建造庄上大楼。

上述说法，带有一定的传奇色彩。实际上偌大一座庄上城，仅凭叶冲汉一己之力想来也难以建成，更何况他一家子也住不了这么多房子。叶氏祖辈自兴章公拓基大溪以来，至叶冲汉这一辈已衍传十世，人口恐怕得有数百上千之众，也不必由叶冲汉独担建楼之责。时值明末清初，正是社会动荡之际，漳州各县抗清斗争此起彼伏、战事频仍，平和县的政权更处于"三日清、四日明"的拉锯更替状态，导致盗匪猖獗、民不聊生。在这样纷乱的社会背景下，由叶冲汉率领族人修建规模浩大、极具防御功能的庄上大楼，也便顺理成章。当然，近年也有人推测，修建庄上大楼是受到郑成功部属的资助，名为民居，实乃作为反清复明的军事要塞，这一说法，有楼内现存的练武馆和练兵场可供佐证。诚然，如此规模的庄上大楼要建成绝非一日之功，随着郑成功部退出大陆，据说大楼最终并没有按原规划建成，因此严格意义上说，庄上大楼也没有真正的楼名。如今所见五个大门，仅北门上方有一题字匾额，但"北关承恩"四个大字显然并非楼名。相比之下，在庄上大楼左右两侧分别建有"漕洄楼"和"竘升楼"两座规模较小的耳楼，与庄上大楼构成一个整体，若说庄上大楼是"葫芦"，这两座土楼便是"葫芦耳"了。这两座耳楼和傍生的"岳钟楼"均有雅致的楼名，楼门也都端庄大气，唯独庄上大楼没有个响亮的楼名，楼门也偏狭小，其中东门、北门、南门均为普通民房常见的木杠矩形门，仅西门为条石方框矩形门，不能不说是一种遗憾。

单就楼体结构而言，庄上大楼与寻常土楼相比并无特别之处，甚至就其中的某一单元楼房来看，更类似于闽南山区普通的土木瓦房民居，显得平淡无奇，以至于在很长一段历史时期内未曾被外界关注。其主要特点，一个是规模巨大，占地面积达到34650平方米，这在土楼家族里是独一无二的；另一个是结构复杂，功能齐全，不但是叶氏族人的居住良所，更具有极强的防御功能，楼内有供奉祖先牌位的祖祠，也有祭祀神明的宫观庙堂，又有演武馆、练兵场等设施，除耕种劳作外，民众日常生活均可在大楼内完成。据悉，庄上大楼最多时曾容纳1800多个人口，可谓繁华鼎盛、热闹非凡。300多年时光过去，韶华已逝，岁月无痕，如今的庄上大楼已是老态毕显，大多数单元早已人去楼空，部分单元已破败坍塌，有些则被改建成钢筋混凝土楼房，破坏了大楼原貌。值得庆幸的是，这座曾经养在深闺人未识的大楼，终于在2006年5月被国务院列为国家级重点文物保护单位；2012年，庄上村又被国务院列为首批中国传统村落。我想有了这样的金字招牌，偌大一座庄上城，不应该长久没落的。

第一次知道慎德楼，是读了张山梁先生的《慎德传家声》之后。慎德楼就在文峰镇黄井村上峰社，就地理位置而言，应该是处于平和县最东部的一座围楼。从漳州城出发，在手机导航软件的指引下沿355国道西行，约二十几分钟就到了黄井村。导航地图上没有慎德楼的标识，但并不难找，在当地村民的热心指引下，我很快看到了在上峰社一栋栋崭新楼房之间鹤立鸡群的慎德楼。

1

令我意外的是，眼前所见并不是一座寻常土楼，虽然有着浑圆的土楼外形，却通体由青砖垒砌而成，难怪当地人更习惯称之为"圆砖楼"。它坐东朝西，依山而筑，背靠大隙山，大门朝向蜿蜒北流的黄井溪，契合"屋前有来水，房后有靠山"的风水格局。整座慎德楼外围直径38.4米，高三层，属于通廊式与单元式相结合的圆形楼，楼门为花岗岩条石方框套拱券门，宽约1.74米，高2.93米。门楣上方匾额为阴刻"慎德楼"三个真书大字，左上题款"乾隆己卯谷旦"，右下落款"民国壬戌重修"。乾隆己卯年即1759年，民国壬戌年为1922年，两者相距161年。

推开虚掩的崭新门扇，眼前是一片杂草丛生的石铺楼埕。楼内共计20个开间，扣除门道和对面的公厅，共有18个居住单元，其中大门左侧4个单元已经坍毁，仅青砖外墙犹存。楼内单元含墙进深8.1米，为单环两进式结构，未设前落和户内小天井。底层用砖墙隔成前室后房的两进式格局，前室进深约2.3米，主要作为灶间兼餐厅和客厅使用，空间显得相当逼仄；后进底层当卧室兼客厅，并有斜梯通往二、三层，两侧山墙（也就是各开间之间的隔墙）为夯土墙体；二、三层一般作为卧室兼贮粮仓使用，内侧檐下分别设有一道宽约1.2米的通透式连廊，其中三层连廊比二层连廊朝内缩进约1.23米，使得三层进深仅4.7米，室内空间更为狭小。

与别处土楼相比，慎德楼在设计与构造上有多处独具特色。首先在建筑用材上，除了各单元之间的隔墙为夯土墙外，其余墙体全部由青砖垒砌而成；其次，慎德楼的花岗岩墙基高达2.4米，远高于一般土楼的墙基；再次，慎德楼外墙底层厚达1.7米，二层厚1.2米，三层厚0.95米，如此厚实的墙体，所耗用的青砖数量十分惊人；第四，寻常土楼仅在大门两侧设置具备御敌功能的射击孔，慎德楼却是每个开间底层均设有一个射击孔，这些射击孔呈内宽外窄的漏斗状，既便于楼内御敌者调整角度射击来犯之敌，又保证了自身很难被外敌击中；第五，慎德楼中间楼埕地面全部采用长约2米、宽约0.3米的条石铺设，整齐划一，显得相当平实规整；另外还有一个特点，慎德楼的屋顶采用不出檐设计，一般土楼屋顶多采用挑檐设计，屋顶挑出墙面约1米宽，这样的构造，既有利于屋面排水，又能遮挡风雨对墙体的侵蚀。慎德楼是青砖墙体，不必考虑到风雨对墙体的侵蚀问题，因此屋顶采用不出檐设计，而是在墙头以红砖拼出棱角图案作为檐口，这样一方面节省了材料，另一方面也减少了屋顶的受风面积，可谓一举两得，匠心独具。

2

"慎德"一词的本义，是注重道德修养。最早出处《周礼·地官·大司徒》："以贤制爵，则民慎德。"另《淮南了·缪称训》亦云："慎德大矣，一人小矣，能善小斯能善大矣。"据了解，居住在慎德楼周边的上峰社村民大多姓张。往上追溯，上峰张氏系开漳圣王陈元光部将张伯纪（原名张虎，因追随陈元光开漳有功，被追封为"殿前亲军副指挥使、辅应上将军"）支系，历代先祖初居云霄，后至漳浦，再分衍至文峰龙山透龙社，至十六世张宙"到黄井上峰开基后，娶了二妻韩、陈氏两人，生下二男，张根、张*。均居住上峰圆砖楼里"（见《张氏谱族》）。

关于修筑慎德楼的张氏先祖，相传系乾隆年间一位事业有成的商人，发家之前家境贫寒，曾以到慎德楼背后大隙山伐薪烧炭为生，挖炭窑时曾经从山里挖出许多坚硬厚重的"黑砖头"。有一次挑着芋仔番薯到漳州府城看望大姐，顺手拿了四块"黑砖头"吊在扁担另一头压重。走到府城南门时，因身着破衫烂鞋，脸上又沾着炭灰，被守城军士误认作乞丐而不得进城。正为难之际，旁边走来一位老者对城军士说："别看他一副穷酸相，其实挑着一肩财富。"在老者说合下，张氏先祖得以进城，他感激不尽，对着老者不停道谢。老者见他诚恳，便向他讨要一块"黑砖头"，张氏先祖说："这东西我家里多的是，又当不得什么卵用，你要的话，我四块都给你便是。"原来老者是个洽闻博见之人，认得这"黑砖头"正是价值连城的黑金。在他的引荐下，张氏先祖将家中存放的"黑砖头"拿到府城兑换成真金白银，由此有了本钱，开始学着经商贸易，渐渐攒下丰厚身家，最多时曾拥有7艘商船往返于漳州月港和东南亚一带，成了富甲一方的"张百万"。张氏先祖致富后荣归故里，在家乡修筑了美轮美奂的慎德楼。

诚然，筑楼者的故事在张氏族谱中并没有记载，我们也不是200多年前的亲历者，更不可能穿越到乾隆年间去核实查证，对于张氏先祖发家致富的说法孰真孰假很难考证，只能说在那个科技并不发达的年代能修筑这样豪宅府第般的青砖围楼，确实不可小觑。以慎德为楼名，可见筑楼者即便不是饱读诗书、满腹经纶的博学之才，也是一个注重品德修养、知恩图报之人。然而，如今仍生活在上峰一带的张氏却非当年的筑楼先祖后人。对于个中原因，当地流传有一种说法，说的是筑楼先祖当年以"慎德"为楼名，在于传承祖训，勉励后人当以德立身，唯有"慎德"方"能善小斯能善大"。但其后辈却有悖先祖初衷，没能秉持良好的家风传承，最终导致家业衰败，穷困潦倒，不得不变卖家眥，乃至远走他乡不知所终。

3

从外观上看，慎德楼显得魁伟壮观、固若金汤。这样坚固的围楼，为何偏偏大门左侧有四个单元坍毁不存呢？据悉，慎德楼自落成以来，可谓命运多舛，历经多次劫难。它曾经屡次遭受祝融之灾，如今楼内墙面仍留有当年大火焚烧的痕迹。据说慎德楼所处正是一块"香炉地"，从大隙山往下俯瞰，慎德楼大门左侧正是香炉口的位置，自慎德楼落成完工之后不久就发生火情，虽很快维修复原，但时隔不久香炉口所处位置仍然起火坍塌，后来那4个单元索性不再重修，使得慎德楼数百年来保留着残缺之美。

说到民国壬戌年重修慎德楼，不能不提100多年前的南澳大地震。

这场发生于1918年2月13日下午的地震烈度达到7.25级，堪称自公元1600年以来华南地区除台湾以外最强的地震。其时，自汕头至泉州一带地裂山崩，房舍倾覆，死者数以百计。据1994年版《平和县志•大事记》记载："民国七年，地震。寺庙菩萨倾倒，九峰塔山小塔坍塌，大塔顶端石葫芦折断，房屋损坏40%。"距南澳直线距离不过100公里的慎德楼遭受极大毁坏，外围墙体断裂，部分单元坍塌，整座慎德楼一片狼藉。如今慎德楼西侧外墙仍遗留有一道直达顶部的裂痕。地震发生时距慎德楼修筑落成已有将近160载，当年的筑楼先祖早已作古，但百数十年来荫庇张氏族人的慎德楼总不至于就在这场旷世大地震中毁于一旦，于是张氏族人发力重修慎德楼，前后历时四载，于民国壬戌年大功告成。

慎德楼厚实的墙基、坚固的青砖墙体以及众多的射击孔设计等特性，使得整座围楼具备了极强的防御功能，远非一般意义上的土楼民宅可比。以至于有人认为，当年张氏先祖修筑慎德楼，本意并非纯粹为了居住，而是可兼作仓廪贮物之用途。实际上在特定的历史时期，慎德楼也曾作为地方武装力量的驻防地，其中在民国年间，省保安第八团调防平和黄井、文峰等地时，即曾以慎德楼为驻扎点，如今在当地人口中，仍能听到当年"红军"火烧慎德楼，与省保安第八团展开军事斗争的忆述，这里的"红军"，想来应该是指第二次国内革命战争时期，在闽南地区成立的中国工农红军闽南独立第三团（简称"红三团"）。

当然，慎德楼也曾给人留下温馨的记忆。从小生活在慎德楼的退休老教师张庆辉说，在他的孩提时代，曾经有解放军战士与慎德楼结下不解之缘，谱写了一段拥军爱民的感人故事。据张庆辉老师回忆，大约在1966年至1971年期间，解放军战士在慎德楼内驻扎了较长时间，直到部队自行建设营房后才撤离。虽时隔半个多世纪，张庆辉老师对当年驻军

"6649"的番号还记忆犹新，"当时楼内三层全部被征用，因为没有公用楼梯，这些战士得从各家各户上下楼，他们纪律严明、作风优良，经常帮百姓挑水、收稻谷，真正做到了同吃同住同劳动，与百姓相处融洽，体现了极为浓厚的军民鱼水情。"查阅1994年版《平和县志》，在第645页有这样的记载："1966年，中国人民解放军6449部队3个连，分别驻在文峰乡的黄井、白云、地斜的民兵场，1971年撤出。"张庆辉老师的回忆与县志记载在驻军时间与地点方面相吻合，仅部队番号有所偏差。

4

260余年时光悄然流逝，如今居于上峰社的张氏百姓虽非筑楼先祖后人，但他们对慎德楼仍然感情深厚。近年来，随着人们搬离围楼，慎德楼日渐没落荒芜。对此，张庆辉老师深感忧虑，他不顾年事已高、腿脚不便，积极奔走呼吁，终于引起有关方面的关注与重视，于几年前对慎德楼及周边环境进行了一番清理整治，并计划引进资金对慎德楼进行综合开发利用。如今崭新厚实的门扇，便是这一努力的成果。然而，由于新冠疫情等不可抗力影响，慎德楼的进一步开发计划被无限期搁置。对于这样的结果，张庆辉老师也是深感无奈，力不从心。

可以说，在传世百年的闽西南土楼中，许多土楼都有其独特的故事和维护利用的价值，独具特色的慎德楼尤其如此。但人散了，楼荒了，与其有关的故事也便渐渐淡了。希望岁月的延伸，能赋予慎德楼新的故事和不一样的未来吧。时值中秋，闽南天气依然燥热。我在当空烈日下握手话别张庆辉老师，挥手作别慎德楼，驱车回城，心里久久不能平静。

多年前就动了去东槐看土楼的念头，却因杂事缠身一再耽搁。此次经不住当地友人明辉兄再三相邀，终于踏上行程。东槐境属平和县芦溪镇，与南靖县的葛竹村接壤，居民以陈、郑两姓为主，陈姓居多。陈、郑两姓族人在这里繁衍生息数百年，留下了或圆或方的十来座土楼。崎阳楼即为陈氏所筑土楼。

崎阳楼在东槐村的新寨社，为双环圆形土楼，直径约46米，含外台明占地面积近1820平方米。大门朝向西南，门前铺有三级垂带踏跺。踏跺而上，楼门为花岗岩方框套圆弧拱券形，宽1.71米，高2.64米。门槛内外各装一副厚实的木门，门扇一闭，固若城池。门楣处匾额镌"崎阳拱秀"四个大字，匾额下方为两枚菊花状圆形门簪。楼分前后两落，后落三层构成外环，前落一层构成内环，中间以天井相连。前落为青砖墙面，朝楼埕一侧未设内台明。中间楼埕由不规则河石铺就，偏北处有一六角形水井。楼内平面除去门厅和正对大门的宗祠，两侧各12个开间，每个开间设一青砖拱形门，每两个开间又共有一个内天井，且前落未筑隔墙，仅以可拆卸的木板隔间。由此可见，其设计是以每两个开间为一住户单元，整座楼共计24个开间、12个住户单元。这种格局的好处在于，当兄弟分家时，只需在天井中线垒一堵砖墙，将前落隔板封死，就成了互为独立的两个单元。后落二、三层靠窗一侧设有互通式连廊，门厅右侧有公共楼梯。住户单元内未另设楼梯，上下二、三层只能经由公共楼梯。

崎阳楼给人一个比较明显的感觉，是其空间特别高敞。我让明辉兄拿来卷尺，经现场测量可知，由门厅地面至屋脊主梁高度达到12.41米，由下往上三层高度分别为3.8米、3.38米、3.08米。寻常三层土楼高度多在10~11米，单层高不超过3米，崎阳楼可算是"高个子"了。一般土楼大门正对的是一个较为开阔的广场，崎阳楼大门之外却另有一排前后两落的二层房屋形成环抱之势，仅在距离崎阳楼大门东南侧约30米处另设一副朝南而开的大门，与崎阳楼大门形成一个错角。如此设计是否附带有阳宅风水学上的隐喻？因为年代久远，后人已无从知晓。另外较有特色的一点，是崎阳楼的匾额以数枚图章替代落款，其中左右上方各一枚圆形篆书图章，篆书内容在辨识上尚有争议；左下一方形图章镌有篆书"陈氏"字样；匾额右下方又雕有一幅竹子图案。如此复杂的匾额雕刻，在土楼中也属罕见。

楼门未镌建楼时间，只能通过崎阳楼后人去追索那一段历史了。在明辉兄的指引下，我就近拜访了时年72岁的陈肇祥老人，从其口中听到一个与当年建楼有关的故事。

故事发生的时间，大抵在大清乾隆壬申年前后的某个盛夏之日。

由漳州府平和县芦溪约葛竹乡通往桐皮乡的绕山石磴小道须经过陡峻的柯山岭。正是午后日头最毒的时辰，三个身影坐在柯山岭一片树荫下小憩。其中两个年逾七旬，另一个是三四十岁的精壮汉子。回想着仨兄弟前往葛竹姑亲赖家借钱未遂反而受到的奚落，一个老者长吁短叹，一个则忍不住开口叱骂："干恁佬，不就是出了个进士公……当了个卵芘大的官吗？……要说官大，咱太叔公还当过前朝的大理寺正卿呢，真是狗眼看人低……"精壮汉子迟疑片刻，冲老者慢声问道："阿兄……咱起圆楼的钱，大概还差多少？""莫说要上千两白银，至少得有大几百两吧。……唉，为子孙起一座基业永固的圆楼是咱阿爹当年的遗愿，若不在咱兄弟手头上把这事做好了，叫咱阿爹如何能瞑目啊！"年长老者长叹了一口气。精壮汉子闻言，埋头沉思不语。三人回到桐皮家中，精壮汉子从内屋抱出一只锡酒壶来到年长老者跟前说："阿兄，这里边装的是我姨娘留下的嫁妆，都是一些金银饰品，也不知够不够用。"年长老者见之大喜："这下子可好了，早知道姨娘还留有这些，咱兄弟今天何苦去葛竹受人称重！"

彼时的"桐皮乡"即今之东槐村，"葛竹乡"则于解放初期划归南靖县南坑镇管辖。结伴往葛竹借钱的三人，正是东槐陈氏十四世孙陈愿的三个儿子陈栋、陈福生、陈太寿。当此朝代，闽西南山区一带盛行修筑土楼聚居，陈愿亦有心筑楼以彰门庭，奈何不但需要耗费巨资，而且工程浩大，绝非一日之功可成。遵先父遗愿，陈栋、陈福生和陈太寿兄弟在辛苦打拼大半生之后，终于下决心合力兴建一座圆形土楼，因选址于崎仔山下，故取楼名曰"崎阳楼"。令陈氏兄弟始料不及的是，楼墙夯至第三层，便已囊中羞涩，不得中断进程。其时陈栋、陈福生皆已年迈体衰，陈愿继室所生之子太寿生性耿直憨厚，向来不擅管事。眼看资金没有着落，圆楼即将烂尾，陈栋与陈福生商议，决定拉下面子前往十里之外的葛竹乡，向家道殷实的姑亲赖家筹借银两，以解燃眉之急。岂料葛竹赖家虽不缺钱财，却认为宁家表亲修建土楼是"虻虫叮牛角——不自量力"而嗤之以鼻、言语羞辱，陈栋兄弟闹了个自寻无趣。最后还是闷葫芦般的陈太寿搬出姨娘的陈年嫁妆，崎阳楼才得以顺利覆瓦完工。

既是故事，则不必细究其真假。可以从中理出的一条脉络是，崎阳楼大抵修建于乾隆壬申年，主导建楼者为东槐陈氏十五世孙陈栋、陈福生、陈太寿兄弟。另据陈肇祥之父陈董汉于1988年抄录的《颍川郡陈氏族谱》记载："于乾隆壬申年兴建崎阳楼时乃公与渊公为董事至同治壬申年已一百二十年。"这句未加标点的话也点出了崎阳楼的建楼时间为乾隆壬申年，惜"乃公与渊公"在族谱中语焉不详，未加详述。

乾隆壬申年是公元1752年，迄今已过去漫长的265个年头。走进今天的东槐村新寨社，崎阳楼还是很好辨认的，因其宏大高耸，周遭新建的钢混楼房式民居难与其比肩。奈何岁月无情催人老，今之崎阳楼已然荒芜，南面、西面屋顶各有一处塌陷，形成两个数间房屋大的豁口，而内部楼板亦多腐朽散落。可以预见的是，若再不维修加固，崎阳楼离整体坍毁之日恐将不远。

依《颍川郡陈氏族谱》记载，东槐陈氏乃开漳圣王陈元光后裔，先祖历经宁化石壁下、上杭陈东坑、永定古洋等多代迁徙，于元至正年间到平和小芦溪（今芦溪镇秀芦下村）开基，至五世大梁公再次举家徙居东槐，迄今已繁衍二十余世。因东槐水草丰美、"插竹生笋"而人丁兴旺，各房繁衍后代达1万余众，今居于东槐者仍有4000余人，历代涌现过大理寺卿、温州太守陈扬美，四川总兵陈师助，浙江分水县令陈先声等历史人物，称得上是地灵人杰、人才辈出。也因此之故，与崎阳楼相距不过数百米的陈氏家庙也便修得雄伟壮观、风格独特，堪称闽南望族大宗祠。家庙初建于明嘉靖年间，后历经多次重修、扩建，如今又在进行着新一轮堪称浩大的修缮工程，以期重现昔日风貌。

相对于陈氏家庙的重光焕彩，崎阳楼则茕茕孑立、乏人问津，一如秋叶黄、秋雨落，独寂寂而凉矣。

（《柚都平和》2017年12月18日）

遥望祥和楼

祥和楼是老家崎岭乡的一座土楼。

确切地说，祥和楼位于平和县崎岭乡南湖村。崎岭位于平和县中西部，四周多高山峭岭，只有一条省道207线穿境而过，人口固然不如相邻的九峰、霞寨诸镇集中，经济发展更被拉下了一大截。如果不是因为这里盛产白芽奇兰茶，以及境内有一座供奉保生大帝的天湖堂，或许就没多少人能记住崎岭这个名字了。

何其幸运，崎岭不但有令人唇齿留香的白芽奇兰茶，更有一座延续了800年历史、至今香火不灭的古庙天湖堂。天湖堂与祥和楼均在南湖村，二者相距不过百米。家乡人常说"崎岭无平路"，其实也不尽然。发源于双尖山的九峰溪蜿蜒流淌，在大帽山下冲积出一片低平的洼地，使人们得以在此驻足生息。闽南人习惯将低洼之地称为"湖"，大抵又因为彼地处于大帽山南面之故，于是这里形成的村落就有了"南湖"之雅名。千百年来，人们在这片土地耕作生活，南湖村渐渐发展成为拥有上千农户、4000多人口的较大村落，并曾经一度成为崎岭乡较繁华的商业中心地带，民国时期的崎岭乡公所亦曾设置于此。天湖堂就在南湖村中部的一个小山包上，俗称"庵寨尾"。天湖堂香火延传甚广，但凡逢年过节，前来祭祀祈福者络绎不绝。与天湖堂的热闹相比，隐于"庵寨尾"后侧的祥和楼显得有些孤寂落寞。

绕了个圈子，还是回过头来说说祥和楼。那是一座有着230年历史的圆形土楼，楼门上方石雕匾额"祥和楼"三个大字显得端庄隽永，令人心生安宁祥和之感。匾额抬头写着"呰，乾隆丁未岁"，载明了祥和楼的建筑年份。乾隆丁未年就是乾隆五十二年（公元1787年），至今年恰好230周年。据不完全统计，平和县境内历代建造的土楼有530余座，其中位于崎岭乡的有30多座。南湖村及相邻的新南村一带地势平缓，为建造土楼提供了地利之便，曾经有过大大小小10余座土楼。随着岁月剥蚀、历代更迭，如今保存完好者不过祥和楼、南溪楼等数座，而祥和楼无论从建筑年代、规模还是工艺上来看都是首屈一指的。

祥和楼为同心双环圆形土楼，直径约50米，占地面积近2000平方米，垂直高度约11.4米。外墙底部厚达1.8米，至三层高程墙壁厚度仍1米有余；墙基高约1.5米，以未经鏊凿的溪石磊砌而成，溪石大者一米见方，小者不过拳头大小，大小互嵌，确保墙体稳固，数百年来任由暴雨冲涮、洪水浸泡而岿然不动。楼门朝南，推门而进，中间是个直径约15米的圆形石埕，地面由鹅卵石铺成，靠近北侧有一口圆形水井，揭开井盖，井水依然清可照人。站在石埕观望，楼内结构分为前后两落，前落一层，后落三层，中间以长方形天井相隔。楼内正对大门的是祖堂公厅，以祖堂公厅和大门为中轴线，两侧各开4门，可见整座楼由8个独立单元组成，每个单元呈扇形，前落面阔一间，常为门厅，兼作厨房、放置农具家什等；后落面阔三间，居中为客厅，左右两间可为厢房，墙边有自用楼梯通往二楼，二楼各单元房间之间留有一门，平时关闭，打开则成为邻里互通的廊道。三楼共同楼门左侧的公用楼梯上下，靠窗一侧为互通式连廊，可绕楼环走一圈，连廊内侧为各户房间，与连廊之间以木制屏风为墙，只留一小门进出。扣除门厅、祖堂公厅不计，整座土楼共有72个房间，每个单元既有相对独立的私密空间，又有互为融合的公共区域，体现了闽南人喜欢聚族而居、闹中取静的居住特征。据言鼎盛之时，楼内曾经居住20余户人家200多个人口。

与周边众多的土楼相比，祥和楼独有其非凡之处。无论楼门还是里边各单元，其门框所用石材均精雕细琢，前落外墙更一律为青砖墙面，使得墙体既美观又不容易损毁。而即便是兄弟分家，楼内亦未另外开设门户，既使楼内8个单元的原有格局免遭破坏，也体现了兄弟情深的和谐、团结氛围，是一种良好的家风传承。实际上祥和楼历经200多年风雨墙体外观仍几乎完好无损，亦可见其建筑质量之上乘。能建造出这样坚固的土楼，其主人又岂是平庸之辈？据考证，祥和楼的建造者为平和崎岭曾氏第十四世公曾天凤。往上追溯，曾天凤的五世公曾敦立曾经向一代大儒王阳明呈请添设平和县；七世公曾璋曾任南京兵马司指挥使、广州府事等职，官至五品奉训大夫，其所建于九峰东门外城隍庙门口的"龙章褒宠坊"迄今仍为平和一景。据当地曾氏族籍记载，曾天凤，字冲云，号桐轩，乾隆甲午科举人，大挑知县，例赠文林郎。曾天凤育有六子，其中三子曾文粹为乾隆庚子科举人，曾任南安教谕。农耕时代，乡人普遍耽于农事，有条件读书识字者固然不多，能登科及第者更是凤毛麟角，曾天凤父子相隔六年中举，坊间由此传出一段"父子登闱午子科"的佳话（曾天凤、曾文粹中举事略，在道光版《平和县志》中有记载）。据有关史料显示，曾天凤"善于料理先业，课子孙，家道丰享，人文蔚萃"。乾隆甲辰年（1784年），曾天凤独家举资建造祥和楼，至1787年建成，如此浩大工程历时三载即告完工，可见其家财之巨不可小觑。土楼筑成，曾天凤举家迁居"崎仑堡（崎岭之旧称）"，又在楼边另造平屋开设私塾，教化曾氏后辈之余，亦惠及外姓子弟。美中不足的是，举人曾文粹曾在坂仔环溪楼写过一副气贯长虹的楼联"南山佳气护长垣规模豫大，北斗祥光辉画栋景象昭明"，却未曾给自家祥和楼留下珍贵墨迹，不能不引为憾事。

时光荏苒，200多年岁月于大千世界不过弹指一挥间。曾天凤为子孙后辈建造了坚不可摧的祥和楼，也留下了"慈祥谦和"的传世家风。曾氏家族立足这个福泽之地，如扎根沃土的大树不断开枝散叶，向更为广阔的天地拓展，近则有至九峰、漳厦发展者，远则有东渡台湾、"过番"前往南洋大马另谋基业者，至今繁衍十数代，人丁已达400余口。自20世纪90年代开始，固守祥和楼的200余口曾姓人家亦陆续迁出，在周围另修新楼，祥和楼也便日渐式微。

沿着楼门边的公用楼梯拾级而上，鞋跟敲击楼板发出的笃笃声响，显得空旷而悠长。人去楼空，屋内旧式眠床、桌椅杂乱堆放，蒙上了岁月的尘埃，墙角亦不乏谷砻、粪桶、谷笪、石臼等旧时农家器具，随着时代变化，这些在具已然失去功用而被遗弃了。临窗俯视，楼内个别单元前落屋顶已然塌垮，一幅破败苍凉的景象，楼中石埕更是杂草丛生，个别破败的墙头甚至长出了繁茂的枝丫，显见久无人居。想起大约八九年前，我曾首次到过祥和楼，其时楼内人家大都已外迁，仅余一七旬老翁和一九旬老妪孤守，楼虽冷清，屋顶尚且完好。今次再访，二位老者皆已驾鹤，楼内也已破败如斯，令人感叹岁月之无情。放眼平和全境530余座土楼，其中历史悠久、工艺精湛者不在少数，没能列入世界非物质文化遗产名单已成憾事，若未能聚各方之力加以修缮保护，再过若干年后，这些祖先留下的瑰宝又能存世多少？

近闻有曾姓贤达欲发起族人集资对祥和楼进行保护性修葺，使其免遭坍毁之虞，这是令人闻之欣喜的消息。若能在修缮楼体的基础上进一步系统性地规划、整治周边环境与设施，使其与天湖堂构成宗教与土楼民俗文化旅游景观带，让到天湖堂朝圣者移步前来感受土楼神韵，不也是一桩美事吗？乡人的信仰总是纯朴的，与祥和楼相邻的天湖堂香火经久不衰，从某种意义上讲，也是农村经济发展的一个写照，经济发展了，更应该重视对传统文化的保护。站在天湖堂北侧广场朝西而望，祥和楼就在眼皮底下悄然叠立。四周屋舍密集而建，与往昔土木瓦房不同的是，这些新建的屋舍皆为三四层的楼房，有些已然高过祥和楼。与新楼房相比，祥和楼固然老态龙钟，沧桑尽显。然而，其身上散发的历史韵味，以及那股浓浓的老家气息，又有什么能相比的呢？

遥望百年祥和楼，那是老家的记忆。

（《闽南日报》2017-4-26）

　　岁月易逝，幸而尚有记忆犹如存放多年的老电影胶片，偶尔能够在脑海里播放一遍。有些片段虽然模糊，也还依稀可辨。在这样的记忆胶片里，解放楼是我绕不开的一组镜头，其特殊之处在于，那是我最早见识过的一座土楼。

　　那是一座其貌不扬的同心圆形双环土楼，楼高三层，外墙直径约41米，总占地面积1320平方米。走进砖砌拱形楼门，中间是直径约15米的石埕，一口水井深不见底，井内装了几台抽水泵，水管穿过井沿，顺着石埕地面通向各户人家。环视楼内，全楼共计19个独立门户、26个开间。屋内进深约11米，分前、后两落，前落为开放式门厅，可放置粪桶、锄头等农具杂物，中间以采光天井隔断，天井一侧厢廊兼作厨房灶台，后落一般为餐厅兼客厅，墙侧有自用楼梯上二、三楼，楼上各户房间互为独立，无公共连廊相通，形成相对独立的私密空间。与他邑的土楼相比，解放楼有几处不同：其一，解放楼的楼门边框由普通红砖磊砌而成，其他土楼大多采用石材雕錾门框；其二，解放楼外墙厚度仅约0.8米，与别处土楼动辄一两米的外墙厚度相比显得略为单薄；其三，别处土楼与楼门对望的单元一般为公厅祠堂，解放楼则未设公厅；其四，依肉眼判断，外墙大抵以普通黄土夯筑而成，而非别处土楼使用混有石灰、红糖、糯米浆等材料的"三合土"。或许因为黄土黏度不足，解放楼虽年代并不久远而部分墙体已然破损，留下了用土砖修补加固的痕迹。

解放楼所在的潮河社隶属崎岭乡合溪村，是一个拥有200余口周姓人家聚居的小村社，距崎岭乡政府所在地不过一公里远。彼地四面皆山，发源于双尖山的九峰溪支流高山溪自东而西潺潺流淌，在这里拐了个弯，形成一个缓坡谷地，为人们聚族而居提供了水土之便；兼之一条自原平和县治所在地九峰通往漳州府的古官道（即后来的省道207线）穿境而过，明、清时期在潮河村附近设有崎岭埔驿站，使得这里有了交通之利。据周氏族谱记载，大约在明朝宣德年间，周氏先祖千九公到潮河定基，在后山筑窑烧瓦，搭棚屋而居，后世渐渐形成一个百多人口的村落。因烧制瓦片而搭棚屋，故潮河村又曾得"瓦寮"之旧名。

就地理位置来看，解放楼离省道207线不过三十几米远，兼之此路段为一陡坡，解放楼就坐落在陡坡左侧，楼顶几与路面齐平，常令乘车过往者产生一种"触手可及"之错觉。因其临近公路且前方视线开阔，在某种程度上又成了崎岭乡的一个"地标"——从平和县城经由207省道一路往西，一旦左前方出现一座写着"解放楼"三个大字的土楼，则预示着崎岭乡到了。

在平和县境内璨若繁星的数百座土楼中，解放楼或许是建造年代较晚的一座，这从楼名"解放"可得到解读。据当地村民、78岁的周火炮回忆，解放楼始建于1953年，至1956年完工，历时3年有余。具备较强防御功能是闽西南土楼建筑的一大特性，旧时山区多匪寇，人们修筑土楼聚族而居，大抵是为了防范匪寇入侵。新中国成立后，闽西南地区匪寇已然绝迹，何以潮河周氏人家至1953年才建造解放楼呢？"周姓在这一带属于小姓，旧时常常因为耕地、山林归属等原因受到周边异姓旺族欺侮，先辈应该很早就有了建土楼的想法，只是因为旧社会生活穷困潦倒，连一日三餐都顾不上。解放后社会安定了，农村经济逐渐好转，才有条件建造土楼。"周火炮说道，"当时采用各家各户共同出工、凑钱修建的方式，请麻寮坑的师父来舂墙，工钱按照每户一石米、40元钱的标准支付。"站在今天的角度来看，一石米外加40元的舂墙工钱委实不算多，但当时仍有三户人家支付不起而放弃了参与建楼，周火炮正是其中一户。"那年我才13岁，既没有力气干活，家里也付不起工钱，我在建楼前一年（12岁）就去大坪当长工了。"周火炮说。因为各户经济条件参差不齐，整座土楼各单元陆续上工，前后花了三年多时间，至1956年才全部竣工。落成之后，楼名最初叫"扬美楼"，后有人提议改为"解放楼"，喻指这是一座解放后才有能力修建的土楼。周姓人家从此得以在楼内安居乐业，楼门亦长年开启，仅在"文革"期间因附近发生武斗怕被殃及而关闭过数日。

解放楼坐西朝东，背倚阁仔山，楼前地势平坦，清澈的高山溪如一条彩练自门前蜿蜒流过，隔溪相望的是一座高近千米的尖山，既得山形气脉，又有秀水环绕，符合前照后靠、藏风聚气的阳宅风水格局。有山就有故事，据说解放楼前的尖山有九十九条脉，若再加一脉，潮河村就拥有了龙脉地气。某年清明节，潮河一户周姓人家到尖山扫墓，待祭拜完毕收拾祭品，发现装祭品的神篮盖子不见了踪影。周姓人家转身寻了半天，只见神篮盖子被成千上万只蚂蚁拥裹着往山凹处挪动。周姓人家急忙追过去，抓起神篮盖子往地上一顿猛砸，将蚂蚁砸净驱散，捡回了神篮盖子。周姓人家有一哑巴儿子，当夜有神仙托梦，方知那群蚂蚁是天兵欲以神篮盖为魂在尖山筑龙脉，待龙脉筑成，哑巴儿子即可开口说话，日后起事成就帝王大业。可惜离龙脉筑成只差一步之遥，周姓人家后悔不迭，从此在潮河留下了一个功亏一篑的"哑巴皇帝"传说。

沧桑难耐，时光如流。一个甲子对人来说已是耳顺之年，即将迈入迟暮，但对于动辄数百年的土楼，大多还处于青壮年时期。解放楼落成至今恰好一个甲子，却也已老态毕现，东南角屋顶出现了塌落的迹象，这固然与其建筑工艺简单有一定关系，但也有着"人去楼空"的落寞。实际上我最早见识解放楼是在大约四十年前，年纪尚幼的我曾随奶奶到解放楼走亲戚，在楼内的表叔家留宿过。那时辰楼内住了大约一两百人，每个门户都有人进出，显得热闹而嘈杂，也是土楼生活的真实写照。如今楼内人家皆已外迁新居，只有包括老表叔夫妇在内五六位老人留守楼内，偌大的解放楼显得冷清而空旷。楼房是需要人气温养的，有人居住的房子能够存世数百年，倘若人去楼空又不加以维护，离坍塌消亡也便不远了。

我不知道解放楼还能存世多久，毕竟它"资历尚浅"，兼之造型普通，工艺简单，也没什么特殊的文化内涵，难以达到作为文保单位的条件。然而这不应成为任其老去、消亡的理由，对老屋的维护，子孙后代责任在肩。近闻崎岭乡一座有着230年历史的祥和楼，其后世宗亲正在自发捐资进行保护性修缮。发起重修祥和楼的退休职工曾文宜说："我们无法保证祖宗传下来的基业能够永世长存，但至少不能让它在我们眼前倒塌。"这话很实在，值得解放楼的后人借鉴。

（《柚都平和》2017-6-19）

我曾经在一篇文章里提到，闽南名刹天湖堂所在的南湖村是老家平和县崎岭乡拥有土楼最多的一个村落，远近一公里范围内曾有过不少于10座或圆或方的土楼。南溪楼便是其中保存较为完好的一座。

南溪楼是一座有故事的土楼。

"南溪楼"是镌刻在楼门上方所镶匾额的楼名，实际上人们习惯称之为"南陂楼"。"陂"者，水之岸也。家乡话里，"陂"又多作岸边提坝之称。顾名思义，南溪楼临溪而筑，楼门朝北，与南湖村另一座具有地域标志性的祥和楼两相对望，两楼之间距离不过200米之遥。曾经清澈明净的九峰溪在南溪楼后侧欢快流淌，为南溪楼增添了几许秀水灵韵，令居住楼内的人家有了枕水而居的诗意舒爽。诚然，诗意是属于文人墨客的，与居于南溪楼的乡野农人大抵无关，他们深谙水乃生命之源、万物生息之本，逐水而居，更多的是为了耕种灌溉、啄饮浣洗之便。

南溪楼建于清乾隆乙酉年（1765年）（从楼名匾额上的题款可得到印证），比祥和楼早了整整22年，至今已经历250余载风雨。其为同心双圈通廊式圆楼，外圈台明直径41.5米，内埕直径14.5米，檐下未设廊台；楼高三层，二、三层设有内通廊，单元进深13.5米，合计二十四开间，各单元内有独立采光天井，又有自用楼梯直通二、三层；以正对大门的三开间周氏祀祖公厅为界，左右分别住有周、曾两姓人家。闽西南一带土楼多为同姓宗族所建，居住者亦为同宗派下，南溪楼缘何两姓杂居呢？此情容后述说。

据南溪楼后人编撰的《诒燕堂族谱·汝南周氏》记载，南溪楼兴建者为南陂周氏诒燕堂八世公周士杨。崎岭周氏系上杭城关打铁公（饭头公）派下周千二郎于明宣德年间进入崎岭乡潮河开基，后又分散至南陂、高山、佛祖庵一带，迄今繁衍有后裔1500余人。周千二长子周千八为凫洞始祖，也即南陂周氏诒燕堂一世祖。康、乾时期在中国历史上属于社会稳定、经济快速发展的年代，造就了众多豪商巨贾。惜乎崎岭一带远离商埠，又非交通要塞，农人守着几亩薄田过日只求温饱，实在谈不上富足。受到外界往来商贾影响，家道不兴的周士杨于雍正年间携弟离开贫瘠的家乡土地，漂洋过海到台湾，兄弟同心、风雨同舟，挣得丰厚赀财后，萌生了落叶归根、返乡安居之意，遂变卖产业，雇佣两艘大船运载金银细软渡海返乡，以期光耀门庭。然而天有不测风云，途中遭遇海盗，两艘大船被劫去一艘，仅周士杨亲自押送之大船得以逃脱，余者迫不得以舍财保命。回到故里后，周士杨顾念兄弟情谊，仍将一应赀财视为兄弟共有。清时，闽地多山而交通不畅，朝廷对地方的管治"鞭长莫及"，兼之闽南一带自古民风剽悍，乡族械斗之风尤甚，乡人多聚族而居，抱团取暖。这样的社会背景下，修筑高大坚固的土楼，无疑是抵御外族、保护族人的最好屏障。周士杨乃不惜耗费巨资承建祖公基业，于乾隆乙酉年（1765年）开工修筑规模浩大的南溪楼，惜楼未落成便已身卒，遗留中厅神龛延至乾隆戊子年（1768年）方由族人续建完工。

南溪楼与祥和楼建筑年代相近，据言当年主持两座土楼建设的客家师傅系一脉相承的师徒关系，其建筑风格大致相似，但在工艺、用材方面却有所不同，祥和楼由徒弟主持修建，在建筑工艺上更为考究，不但内墙青砖铺面，而且石材、窗格多有雕花镂刻；相比之下，师傅承建的南溪楼稍显简略，不但规模较之祥和楼略逊、楼门略显小气，楼内石材、窗棂亦少有雕琢之功。这一方面固然体现了建楼工艺"青出于蓝"的传承与发展，另一方面也源于祥和楼系由举人曾天凤所建，曾天凤家资丰厚，且读书人更注重文化元素的融入；而修建南溪楼的周氏兄弟遭遇海盗劫掠之后已然大伤元气，自然难以在修筑南溪楼一事上耗费更多财力。

转过来说说周、曾两姓共居南溪楼的缘由。据《诒燕堂族谱·汝南周氏》记载，南溪楼"大房于清嘉庆至道光年间，因付田租谷与大峰（福塘）朱氏田主发生争执，拍卖住房作为费用上公堂，因而搬迁到寮仔墩居住"。后人编撰族谱，向来难以摆脱"为尊者讳"的思维观感，对先辈的不端品行常常轻描淡写、一笔带过，亦不乏文过饰非。坊间流传另一个版本的故事是，南溪楼周氏大房因田租或别的什么事由与朱氏发生纠纷，打死了前来挑事的一位朱氏后生。惹上人命官司，周氏大房纵有天大胆量也不敢窝在南溪楼内任人缉拿，不得不连夜搬至数里之外的大帽山脚下自家田角，搭盖草寮寄居以避灾祸。杀人偿命、欠债还钱乃天经地义之理，朱家告官后，官府缉拿周氏大房不着，便将归属大房名下的南溪楼一半房产判给朱家作为赔偿，以求息事宁人。朱家因为路途遥远，得了诺大规模的南溪楼房产也不敢前往居住，索性折价卖给了南溪楼边的曾姓人家。自此，南溪楼成为周氏、曾氏两姓共居之所。周氏大房虽然失去南溪楼房产，但人命官司也算有个了断，没有了抵命之虞，也免去牢狱之灾，就此在草寮旁筑屋生息，渐次形成后来的寮仔墘自然村，迄今繁衍有200多号人口，相较留居南溪楼的周氏后裔还要人丁兴旺。

俗话说"远亲不如近邻"，200多年来，周、曾两姓在南溪楼内比邻而居，同进一扇大门，彼此间互为照应，相处尚算融洽，不曾有过大的纷争。农耕时代，人们秉持日出而作、日入而息，崇尚自然的生活规律，在南溪楼周边的田园耕种、收获，在楼后则九峰溪里捕鱼、浣洗，在楼内凿井而饮，在石埕的水井边煮茶拉家常，过着虽非富足，却也安逸恬静的生活。也有不甘孤守家园、漂洋过海不归者，也有外出他乡、择地另造基业者，亦不乏经商致富、出仕为官者，可谓人才辈出，不辱先声。与其他土楼人家一样，大多数留守南溪楼的乡人近几十年才陆续搬出南溪楼另筑楼房居住，南溪楼渐渐归于冷落，成为外出返乡者对往昔岁月的缅怀之所。

眼看南溪楼渐渐没落，有族人曾于2007年集资修整周氏祀祖公厅，并重建楼内伯公殿；2013年，又有后世宗彦倡议，以每户50元为起点进行自愿捐资，修整了三楼右边廊道、楼内大埕、排水沟与地下涵洞等设施，并为楼门配上一副防盗铁门。但受到各种因素影响，全面修复南溪楼的工程至今难以启动，眼看楼内前落屋顶、墙垣日渐塌陷，后世族人对于南溪楼的未来不免忧心忡忡。

翻出记忆中的老照片，南溪楼前曾经是一片绿色田园，日出风吹稻浪花香，夜来静听水声潺潺。如今所见，田园已然不见，新旧屋舍比邻而起，庭前鸡犬之声不绝，偶有顽童在楼边空地追闹嬉戏。而这座留下乡人诸多记忆的南溪楼却已日渐荒芜，除了逢年过节有老人家不忘使唤子孙前来为老宅贴副春联，平时鲜有人前来推开门扉。从某种意义来说，土楼可算是乡人老家的一种地标，有土楼的存在，乡人行走再远也能找到回家的路。而每一座土楼都有其独特的记忆与故事，这些记忆与故事也许平淡无奇，但对土楼后人却是一笔弥足珍贵的财富，不应被忽略、遗弃。

（《闽南日报》2017-7-19）

回
眸
凤
山
楼

　　乱石横陈，瓦砾成堆，偌大的场子显得零乱而驳杂；一些碎砖头圈
拢成几畦菜地，有豆藤攀枝，有葱苗泛绿；左近几株含笑花、山茶花
树高过人头；更远处是数棵该有十余载树龄的硕大龙眼树，在靠近断垣
残壁处撑出一片浓荫世界。——你别想岔了，这不是人踪罕至的村野荒
郊，而是曾经聚居有两三百号人口、人声鼎沸了数百年的凤山楼。

　　凤山楼在崎岭乡诗坑村。诗坑村位于平和县崎岭乡中南部，距乡政
府驻地约2公里，往南9.5公里则达闽粤边陲古镇九峰。九峰乃明清时期
之平和县衙治所，诗坑村所处，正是旧县衙通往外境官道之咽喉地段，
旧时为承坑社，亦有"承卿""徐坑"诸称，解放初期曾为平和县第十
区治所，领12个乡。

　　凤山楼为单元式双环圆形土楼，外环三层，内环一层。楼含外台明
直径约72米，占地面积超过4000平方米，与素有"土楼之王"美誉的
华安二宜楼相差不大，算是崎岭乡占地最广的一座圆形土楼。楼内单元
含墙进深17.3米，各单元2、3个开间不等，共计54个开间。一层分为前
厅、天井、中厅、后厢房四个部分，单元内有独立楼梯通往二、三层，
二层各单元山墙靠窗一侧设有木门，平时关闭，打开后即可形成互通

式连廊。各楼层高度不一，一层3.14米，二层2.58米，三层2.41米，三层顶部又有一俗称"暗层"的小阁楼，距屋脊高处约2.05米，合计楼高10.18米，配上72米的楼体直径，在土楼家族中属于"矮胖"的形体。

寻常土楼大多仅开一门，凤山楼却楼开双门，朝西为主门，宽1.72米，高2.78米；朝北为辅门，宽1.1米，高2.17米。与大多数土楼之石砌或砖砌门框不同，凤山楼楼门为木门框，西侧主门因年久而损毁，近年改装石砌拱券门。门楣处未嵌匾额，可见早年并无楼名，如今所见"凤山楼"系以红纸题写，与两侧所贴楼联一道每年春节更新。关于楼名，实际上当地族人也曾有过争议——有称"凤山楼"者，盖取其屋后山名之意；有称"五凤楼"者，以西望之五凤山而得名；另有称"凤仙楼"者，其意不可究也，莫衷一是，最终以"凤山楼"为今名。

凤山楼到底建于何年，虽经多方考证而难有定论。清康熙版《平和县志·建置志》载，"和邑环山而处，伏莽多虞，居民非土堡无以防卫，故土堡之多，不可胜记。"其时即有"承坑堡"，为林姓所筑。可知"承坑堡"即今之凤山楼，兼具民众居所与防卫之功，在康熙版县志修撰之前即已存在的。然则，这个"康熙之前"又是何年？据《平和林氏渊源谱》引用宗茂公五世孙林松所撰《承卿林氏宗谱序》载，崎岭林氏系唐九牧大房苇公之后，于元朝中叶由宁化石壁村辗转徙居平和。诗坑林氏始祖宗茂公"早失怙恃，寄食于姑。及壮，即于承卿大厦恢复祖居，重兴祖业，始成诗坑林氏祖。"今人据文中所言"及壮，即于承卿大厦恢复祖居"而认同凤山楼系诗坑林氏始祖宗茂公所建。宗茂公之生卒，林氏各版本族谱有不同说法，其一生于明洪武七年（1374），卒于明正统二年（1437）；其二生于明宣德十年（1435），卒于明正德六年（1496）。撰述《承卿林氏宗谱序》的林松卒年则为明万历四年（1576），迄今已逾500年。若所载属实，则凤山楼迄今已有五六百年历史。

诗坑林氏自崇茂公承下历时六百余载，迄今已传22代，人口繁衍3000余众，除今天诗坑1300多人口外，另有异地徙居者，可谓开枝散叶，鼎盛繁茂。因宗茂公"幼擅岐嶷之誉，长赋英敏之才，赋性醇笃，尤多智略"其"义方垂训，式毂贻谋。子孙之俊秀者，教之习读诗书，朴鲁者，教之安耕畎亩"而致子孙后代才俊迭出，文武兼隆。仅康熙、道光诸版《平和县志》可查者，计有清乾隆壬申科武进士林润秀、康熙癸酉科举人林修、乾隆丁酉科举人林钟献、嘉庆辛未人林礼拔诸君；另据族籍载，尚有"明赐进士第"林松、雍正六年"赐进士出身"林士魁等等；其余获取贡生、庠生、生员功名者不胜枚举。亦有大明崇祯义士林时深"以乡兵讨贼，勒马仗剑，杀贼而死，乡人祭社，必告义士之神。"《福建通志》有其事略。纵使近现代，诗坑村亦贤才辈出，于士农工商各界皆有建树。诗坑林氏成为名播远近之望族，外人莫敢欺焉。

凤山楼规模之大，在周围一带难有出其右者。其于荫庇百姓安居一途固然功莫大焉，但若遭遇真正的战火，于防卫之功则差强人意。据一位林姓族人回忆，古之"徐坑"曾有太平军进踞，时逢清军围困凤山楼，族人皆遁至后山避祸，清兵久攻凤山楼不下，放火焚毁楼门及楼外东侧林氏大宗祠，进而大破太平军，凤山楼内外尸堆如山、血流成河。此后一段时间内，除青壮年白天下地耕种外，老幼妇孺莫敢回返凤山楼。关于这段史实，在1993年版之《平和县志》可找到相应记载。同治四年（1864）四月二十一日，太平军侍王李世贤部退出漳州、云霄，左宗棠部从漳州尾追至平和，分兵向云霄和九峰进攻。九峰的太平军派人与云霄朱义德联络，中途被截。未几，朱义德向大溪撒腿，因得不到九峰太平军接应，被大溪、壶仙、马堂的武装夹击，损失数千人、战马二三百匹。特别在无头山、徐坑等处损失更大。兵败的太平军仓皇北撤，至四月二十七日尽数撤离平和县境。"徐坑等处损失更大"讲的就是太平军兵败凤山楼之事。

如今诗坑村已鲜有人知晓凤山楼曾经沐浴过那场战火硝烟了。当年的"承卿堡"在历经数百年风雨之后，也已演变为地方史志中的一个名词与符号。现实中依然存在的，是那座墙体斑驳、状如风中残烛的破旧凤山楼。于林氏族人而言，凤山楼之存在也许更多的是一种象征意义，这种象征意义，大抵在可以预见的一个时期内仍将延续。据了解，旧时崎岭有12个姓氏，皆信奉当地天湖堂之保生大帝，故有崎岭"十二牌"之说。天湖堂每年都要举行一次规模浩大的保生大帝出庵巡游十二牌活动，自农历正月初五日开始，分两路将保生大帝神像抬至各村社巡游，至正月十二日回庵入殿。回庵前，两路巡游队伍必得在诗坑村凤山楼前汇合，由林氏年轻后生抬着神像，环绕凤山楼快速奔跑一圈。当此时，彩旗飘扬，鼓乐声响，爆竹烟花燃放，男女老幼齐上前，备足三牲供品前来祭拜祈福，凤山楼迎来一年中最热闹的一刻。

诚然，这样的热闹终究是短暂的。数百年来，凤山楼以其恢宏的气势和博大的胸怀，福泽了一代又一代的林氏族人。如今人散楼寂，喧嚣难继，个别单元已渐次坍塌而荒芜，或成草木繁茂之地，或为野犬流连之所了。

同为宗茂公后人，此刻回眸凤山楼，我心中不胜感慨。这种感慨的来由，不在于凤山楼的没落与式微，而在于我不经意间发现楼外地面铺有一块雕刻精致的石碑，上书"乡进士文林郎……显考纯敏林公……"等字样。林公纯敏系宗茂公九世孙、康熙癸酉科举人林修之谥号，1994年版《平和县志》载其曾任华州同知（待考）。斯人或曾风光一时，如今墓葬无存，墓碑倒成了任人踩踏的铺路石。

（《闽南日报》2017-9-27）

走
近
鄂
华
楼

踏访过很多土楼，其外观形状多种多样，所见以圆楼、方楼居多，当然也有一些马蹄楼、五凤楼、雨伞楼，还有部分合院式土楼、半圆形楼、楼中楼等，无不形态各异，各具特色。但我真正见过的椭圆形土楼委实不多，除了平和县崎岭乡下石村的中庆楼，就是位于安厚镇双马村顶新楼社的这座鄂华楼了。

1

双马村位于安厚盆地西南部，距镇区不过三四公里，省道坂云线穿境而过，使得这里交通便捷，地理位置得天独厚。要去鄂华楼还是很方便的，驾车由甬莞高速安厚出口左拐进入省道坂云线，往西行了大约3公里，到了顶新楼路口再次左拐，沿水泥村道往前直行大约300米，鄂华楼就在眼前。

这是一座同心双环土楼，内环单层，外环三层。严格来说它不是正圆形土楼，而是椭圆形土楼，南北长近60米，东西宽约52米，由空中俯瞰，有点形似一个超大的鹅蛋。大门朝西，为錾凿规整的花岗岩方框套拱券门，门框上方楼名匾额刻着"鄂华楼"三个大字；匾额下方另有两个方形篆刻门簪石，左边为"诗礼"，另一右边为"传家"，合起来就是"诗礼传家"，体现了建楼者对儒家思想和道德传承的重视，与马堂张氏的家箴祖训一脉相承。整副大门通体由花岗岩垒砌而成，显得格外厚实庄重，大门两侧还分别留有一个方斗状的射击孔，具备了较强的御敌功能。

走进大门，迎面是宽约4.5米的通透式门厅，门厅两侧为青砖墙面。与门厅相连的是直径近30米的楼埕广场，埕面用鹅卵石铺设，显得宽旷平坦，曾经是楼内住户的公共活动场所，如今因为人迹罕至长满了杂草。隔着楼埕与门厅对望的是祖堂，由一个宽敞的明间和两个侧间组成，前落屋顶比相邻单元高出1米有余，形成独特的悬山式燕尾脊结构，这也是闽南宗祠祖堂常见的建筑形式。

整座鄂华楼共计32个开间，扣除门厅和祖堂，其余28个开间在筑楼初期分为6个住户单元，均匀排布于祖堂两侧，每个住户单元共用一道入户门、一个采光天井。随着人口不断增多，原来的住户单元被陆续拆分隔断，最终每个开间独立成户，入户门由6个变成28个。如今仍然可以见到，早期的入户门为花岗岩条石加青砖拱券形门框，后期新开的入户门大多为方形木门框。整座楼采用通廊式与单元式相结合的结构形式，二、三层靠窗一侧设有绕楼一周的内通廊，其中二层内通廊比楼板高出约0.3米，三层通廊与楼板平齐。门厅右侧和祖堂内侧分别设有公用楼梯可上二、三层通廊，各个住户单元又设有自用楼梯通往二、三层房间，楼上房间与连廊之间既以木屏风隔断，又留有一扇木门，开则方便出入，关则形成私密空间，动静相宜。站在三层窗前，远处群峰逶迤，巍峨雄奇的灵通山尽收眼底。

2

鄂华楼始建于什么年代，由何人所筑?我未能在《清河张氏马堂族谱》中找到相关记载，当地村民对此亦语焉不详，只知道建楼先祖育有6子，这也是鄂华楼早期拥有6个住户单元的由来。对于建楼者的争议，有说是马堂张氏第十世祖子性公所建，因为子性公育有6子，而旧谱记载，顶新楼张氏房系始于子性公；也有说是第十五世祖志贤公所建，志贤公同样育有6子，楼内祖堂"鄂华堂"奉祀的历代先祖神主牌位也是自第十四世祖文彬公而始。然而详阅族谱所载，子性公仅长子明快公一脉有后代在顶新楼衍传，其余各房或迁往他乡（幼子明掀公一脉迁往白叶迎薰楼），或找不到相关记述；而志贤公的六房子孙均在顶新楼繁衍，形成张氏马二大房支系的庞大群体。综合而言，鄂华楼由志贤公所建是较为可信的说法。然而由于族谱并未载明历代先祖的生卒时间，因此很难推断鄂华楼建于何年。唯一可追溯的线索，是楼名匾额落款的两枚篆刻印章，也因年代久远而模糊不可辨识。由此只能大致推算，鄂华楼始建于清代乾隆至嘉庆年间，迄今约230年历史。

往前追溯，平和马堂张氏一脉源自宁化石壁村，大约在元末明初迁至上杭龙门上村。马堂始祖文通公以打铁为业，人称打铁公。他到铁寮窠打铁时，察觉此地山清水秀，宜居宜业，遂于明洪武二十七年甲戌（1394）定居新安里马塘（后改马堂），初居于铁寮窠，继而修筑规模宏大的马堂城以供族人聚居，随着世代繁衍，人口不断增多，后世逐步向外拓展基业。时有顶新楼肇基祖，幼时家贫，居于马堂城外楼角井祖屋，其一生勤勉，以贩盐为业，终于挣下丰厚家财。因膝下育有六子，人丁兴旺，楼角井祖屋狭小空间难以容纳大家庭的生活起居，顶新楼肇基祖遂在马堂城南面雷劈石崇山脚处卜得一块风水宝地，父子同心，终于修建了规模浩大的鄂华楼，自是繁衍，昌盛发祥。

楼名何为"鄂华"？当地村民同样道不出所以然，他们更习惯称之"顶新楼"，毕竟在闽南话里，鄂华楼的发音不如顶新楼来得顺口。其实，"鄂"在古代是"萼"的通假字，特指花瓣下部的一圈叶状绿色小片，也可引申为兄弟众多。"鄂华"亦称"华鄂"，中国古代第一部诗歌总集《诗经》中的一首诗《小雅·常棣》云："常棣之华，鄂不韡韡；凡今之人，莫如兄弟。"另外，宋·王应麟《困学纪闻·评诗》："岑参有《韦员外家花树歌》：'君家兄弟不可当，列卿太史尚书郎，朝回花底常会客，花朴玉缸春酒香。'韦员外，失其名，此诗见一门华鄂之盛。"可见古人早有将"华鄂"一词用来比喻兄弟友爱，和睦相处的先例，平和县崎岭乡南湖村一座土楼就刻有"华鄂联辉射光斗"的楼联。由此来看，建楼先祖取楼名"鄂华楼"，本意就是寄望子孙后辈能够和睦相处、相亲相爱，也算用心良苦。

3

每座土楼的故事都是独一无二的，鄂华楼亦不例外。

比如那形如鹅蛋的椭圆形外观，说起来是有缘由的。当年修楼先祖在雷劈石崇山下寻得风水宝地后，尚未破土动工就遇到阻碍，由于选址前边紧挨下新楼人家的田地，后方又靠着山坡无腾挪空间，修楼先祖有意找地主置换田地，言明愿意重金购买，然而地主对靠贩盐起家的修楼先祖打心眼里瞧不起，断然回复道："我们家不差钱，你即便是用铺满田地的银子来买也不稀罕！"受累于下新楼地主油盐不进的百般刁难，修楼先祖只能因地置宜，将鄂华楼修成了鹅蛋形的椭圆状。由置地不成再联想到鄂华楼的楼名含义，就更加顺理成章了，唯有兄友弟恭、互敬互爱，方能无视他侮，内平外成。诚然，下新楼地主绝对料想不到，上世纪五十年代土改时，楼前的那块田地终归还是划归顶新楼所有，真是一饮一啄，皆有定数。

再比如楼内消失的水井。水井是大多数土楼的标配，也可以说是土楼住户赖以生息的命脉，但鄂华楼偌大的楼埕却容不下一口水井的存在。据说原来楼内是有水井的，某年某日，哪家初孕的新妇到井里打水浣衣，大抵是妊娠反应的缘故，不经意间朝井里呕了一口酸水，井水由此受到污染，变得浑浊发臭无法饮用了，反倒在楼后冒出一汪新泉，水质清冽甘甜。人们便舍近求远，填了楼内那口水井，转而到楼后新泉处挖了一口新井，解决了楼内住户的用水问题。如今楼后水井也已废弃，但仍有井水汩汩流淌，溢出井沿。

又比如脚下的门槛石。铺在鄂华楼大门下方的这块门槛石显得有点夸张，它长约2.2米，宽0.84米，厚度超过0.3米，重达数吨。如此巨大的门槛石，在别的土楼建筑中是很少见的，关键是这种花岗岩非本地所出产，传闻当年光从产地抬运这块门槛石到这里就花了3年时间。依照当地民间的风俗习惯，娶亲进门时，新人必须一步跨过门槛石，不能踩踏门槛石。鄂华楼这块超级大的门槛石，无疑给身材娇小、又穿着裙子的新娘子出了个大难题。如果新郎官身高腿长，倒可以背着新娘子一步跨过去，否则的话就得借他人之手了，彼此不免尴尬。

4

鄂华楼在数百年岁月里经历了数次兴衰磨难。先是谁家堆放在楼后墙边的柴草垛引发火灾将鄂华楼烧了大半，如今后侧墙体仍可见到当年火烧的残迹；到了上世纪初，一场突出其来的鼠疫，使鄂华楼住户从几百人锐减到70余人，直至80年代才又恢复并发展到300余人，这也是鄂华楼最为鼎盛繁荣的时期。其后，随着社会经济的不断发展，人们的住居观念也发生了变化，楼内住户陆续搬出土楼，在周边建造崭新的楼房，鄂华楼终于与众多土楼一般步入被人冷落的命运。如今的鄂华楼除了零星几个老人留守，绝大多数住户单元已人去楼空，其中有一单元屋顶已经塌陷，变成了一片废墟，断壁残垣，仿佛诉说着无声的历沧桑。

天下土楼何其多，近年来，许多地方乘借乡村振兴战略的东风，在加大力度实施乡村人居环境整治的同时，也掀起了一股重修土楼的热潮，对老祖宗传下来的珍贵遗产进行修缮保护，借以慎终追远、启迪后昆。我们也期待着鄂华楼早日迎来重焕光彩的那一天。

（入选《韵味安厚》）

圩楼在安厚圩，与安厚镇政府的直线距离不过百米，安厚农贸市场就在斜对面。安厚是平和县除县城小溪镇以外人口最多的乡镇，安厚圩自然也是很热闹繁华的，身处闹市的圩楼，想来不会太过寂寞。

1

这是一座单元式方形围楼，也可以说是一座前方后圆的异形楼，前两角直角，后两角抹圆。整座楼依坡而建，呈坐东北朝西南格局，南北长约50米，东西宽约47米，占地面积约2350平方米，北面横楼比南面横楼基础高出约一米。大门开在西南面，为花岗岩条石方框矩形门，门宽1.72米，高3.18米。大门上方匾额刻有"圩楼"两个楷书大字，门框两侧镌有一副嵌字楼联"圩衍业兴财丁旺/楼环福地毓贤才"，楼名匾额和楼联均经过现代雕刻工艺处理，应该是近年重修时所刻。大门前是长约50米，宽约14米的楼前广场，广场前是一口长25米、宽15米的水塘，与圩楼构成前照后靠、聚财旺丁的风水格局。走进大门，正对的楼埕中间是赖氏宗祠，悬山燕尾脊屋顶，三开二进式结构，门前置一对青石抱鼓，为清代文物。宗祠内明间祖堂奉祀赖氏十三世祖堂公及历代逝者先人神主牌位。

楼埕为鹅卵石铺设地面，南北深约29米，东西宽约25米，分五个层级由南往北逐级抬升，且在宗祠两侧对称分布，每级埕面留有排水沟，能够确保楼内水流通畅，无论下再大的雨也不会出现淤堵内涝现象。楼埕西南隅有一口方形水井，水质清澈，常年不涸，可以满足楼内居民的日常生活用水需求。

整座圩楼属于单进式围楼，高二至三层不等，其中南面横屋和东西两侧直屋各2个开间为二层，其余均为三层。由于层数不等，而且地面高低不等，因此东西两侧屋顶也分为四个层次，由南向北渐次抬升，从空中俯瞰，显得高低错落，层次分明。平面共计31个开间，组成24个单元，早期三层设有互通式连廊，如今已被隔断，各单元互为独立，只能在单元内上下楼层。由于楼内单元为单进式结构，没有前落和天井，为满足室内采光与通风需要，每个住户单元均前后开窗，这也是有别于其他土楼的地方。

2

据了解，圩楼由安厚赖氏第十三世祖堂公于乾隆年间建造，自乾隆八年（1743）动工，至乾隆三十六年(1771)竣工落成，历时28载，落成迄今已有250多年历史。

据赖氏族谱记载，圩楼开基祖赖氏堂公，生于康熙二十九年（1690）辛未，卒于乾隆四十八年（1783）癸卯，世寿93岁。《平和县志》记载，乾隆年间划马塘、南岭诸社为安厚约，辖60乡（村）。并设庵后汛驻军（道光版《平和县志》载："分防庵后汛，系属平和县辖，额安千、把总一员，外委一名，步战、守兵六十六名。"），营盘旧址在今安厚卫生院一带。好巧不巧，堂公所择筑楼地基就在营盘正前方，楼基刚欲破土动工，就受到营盘官兵阻拦。其时，葛竹赖氏宗亲赖翰颢（雍正十一年进士，授翰林院庶吉士，文林郎，翰林院编修）正辞官回乡隐居，因与堂公有同宗兄弟之谊，相交契厚，听闻堂公筑楼一事难成，便不顾路途遥远前来找营盘把总说项。一来进士公赖翰颢的面子当然够大，二来堂公素来乐善好施、兴文重教，曾捐资助建文祠庵（即后来的向文书院），在当地德高望重，因此营盘把总很快便允可了堂公修筑圩楼的举措。

时至乾隆三十六年岁次辛卯，历经28载漫长工期的圩楼终于竣工落成。欣逢崇庆皇太后八十大寿万寿节，普天同庆，大赦天下，万民同乐，除八旗年长者获赠赏金外，全国七十岁以上者许以一丁侍养，八十岁以上者加赠银1.8两。是年，堂公八十有一，五世同堂，经县府保荐，堂公获朝廷封赠登仕郎（九品散官），当此多喜盈门之际，知县陆淳宗（江苏娄县人，文林郎）于季冬吉日亲自登门道贺，并代衔锡"皇恩宠锡"匾额一方，以彰表堂公福寿禄兼隆，如今匾额仍悬挂于赖氏宗祠祖堂正中额枋处。

3

站在楼前广场，望着眼前崭新的楼名匾额和两侧楼联，我心生疑窦，圩楼也许并不是这座围楼的原名，也就是说，当年赖氏堂公筑楼的时候，并未将它命名为圩楼。查道光版《平和县志》卷二"关隘志·各乡土堡"载有"安厚堡（赖姓）"，这里的安厚堡，是否就是圩楼呢？如果筑楼之初并无楼名，那么圩楼的得名，想来与靠近安厚圩有关。然而到底是先有安厚圩后有圩楼，还是先有圩楼后有安厚圩？这事想来也很难说得清楚。圩楼的修筑年代可以确定是乾隆年间，而安厚圩的形成时间，则需要进一步考证。据《清史稿·卷九》记载："平和镇二，南胜，庵后。清设镇，庵后因址文祠后而名，安厚乃雅称。"可见安厚设镇始于清代。有镇就会有圩市，查阅康熙版《平和县志》，在第一卷"疆域·街市/墟巷附"中只有"马堂后市"，道光版《平和县志》第十卷"风物志·墟集"则有了"庵后墟（离县八十里）"的记载；至光绪三十一年，安厚圩为全县5圩之一。可见安厚圩的形成应当早于道光，晚于康熙。那么，假设安厚圩的形成时间晚于圩楼的修筑时间，就可以确定圩楼并非原名。

诚然，到底是先有安厚圩后有圩楼，还是先有圩楼后有安厚圩这个问题并不重要。据赖氏族谱记载，平和赖氏开基祖荆公、梁公、雍公三兄弟为避元乱，于南宋度宗咸淳三年（1267）由宁化下漳南，荆公派认为大溪安厚"此地田有两收之美，溪有肥鲜之鱼，合其意，是隐者之区"，遂于此择地开基，迄今已有700多年，后世尊荆公长孙德茂公为安厚赖氏一世祖。数百年来，赖氏族人立足这片沃土繁衍生息，人丁日炽，成为此间望族。他们在农事耕作之余，也积极从事商贾贸易，到东山、云霄一带运来鱼虾干货、油盐酱汁等，又到漳州、潮州等地采买锅碗瓢盆、布匹鞋袜、针头线脑等日用品，在文祠庵后侧空地售买，也吸引了周边村民前来贩卖山货、农具和家用器具等物品，慢慢聚集成市，这大概就是安厚（庵后）地名的由来。当地流传一句话："姓赖的吃圩，姓张的吃陂"，说的就是赖氏祖辈立足安厚圩促进商贸产业繁荣发展的历史传承。可以说，安厚圩市的形成，很大因素上要归功于赖氏族人、尤其圩楼赖氏祖辈的勤勉自强。

4

圩楼在经历了250多年岁月侵蚀之后，早已沧桑难耐、老态毕现。在过去的漫长岁月里，楼内住户为了生活便利，进行了多次修缮改造，虽然也许不复初始模样，只要还有人在楼内居住生活，土楼就依然焕发生机，不至于破落坍毁。近年来随着楼内住户陆续搬离，圩楼似乎也完成了数百年的历史使命，与大多数土楼一样由兴盛走向衰落，由热闹走向清寂，若不加以维护修缮，终将步入消亡的命运。好在圩楼的赖氏后人是清醒的，他们致富不忘桑梓，在搬离圩楼过上更美好的生活后，对于老祖宗留下来的百年基业没有放任不管，而是以跪羊反哺之心，自2017年6月开始，对圩楼进行逐步维护修缮，对屋顶瓦片进行补缺加盖，对外墙重新粉刷加固，拆除了楼内猪舍鸡笼，对楼内外地下排污系统进行疏浚改造，硬化楼埕地板下面水泥厚层、铺设埕面石头板材，拆除楼前鱼塘木屋，清理塘内污泥，增设鱼塘石头栏杆，并拆除池塘西侧旧米厂，配套修建了一座以"远离毒品，珍爱生命"为主题的凉亭"则徐亭"。

身处闹市的圩楼，是一个能让心静下来的地方，这里能让人找到家的感觉。若无闲事挂心头，便走进楼里，在楼埕角落支起一张小桌子，泡上一壶闽南工夫茶，拉来几把竹交椅坐下，与留守在楼内的老人家聊些家长里短。午后的阳光懒懒地爬到檐头上，跌落在斑驳的墙壁边，时有微风自额边撩过，时有市井之声嘈然入耳，这样的情景，总是令人感到舒爽而闲适。

圩楼赖氏素有尊宗敬祖的传统，如今他们虽已搬离圩楼，但每年都会在楼内宗祠举办春秋两祭，活动内容包括祭祖、办灯、龙艺踩街等，并请来戏班连唱三夜大戏，举族同乐，热闹非凡。相信在当地政府的重视与支持下，在赖氏宗亲的持续努力下，圩楼的整体形象和周边配套将得到进一步完善，这座经历250多年风雨的围楼，必将焕发出日久弥新的生机与光彩，成为圩楼赖氏族人心中的精神图腾，承载着赖氏子孙耕读传家、发奋图强的历史使命，同时也是留住一代又一代乡愁的永恒家园。

在平和县溪头村，层林叠翠的山坳间掩映着一座造型古朴的崭新"土楼"，成为闽西南众多土楼中艳丽的"一朵奇葩"。楼呈满月状，墙体由红砖砌成，屋顶覆以青灰色瓦片，与周围旧民宅和谐相融。楼门朝东而开，门楣处雕有"恒升合璧"四个鎏金大字，两侧门柱镌刻一副对联，上联曰"恒升日月诞禧晋福"，下联曰"合璧乾坤昔祉迎祥"。唯"恒升"二字，含有日月恒升之意，与土楼大门初开即可迎接旭日月华之光殊相吻合，喻土楼人家之禧福如日月恒久、光华永沐；而"合璧"二字，则兼具有天人合一、和谐相处之意蕴，暗喻土楼是团结、和谐的象征。取"恒升合璧"为楼名，可见颇费心思。

恒升合璧楼的前身，可往前追溯至清代中叶，大约在乾隆甲戌年（1754年）由赖氏宗亲合力夯筑而成，迄今已有二百多年历史。其时闽南山区多有悍匪扰民，筑土楼而居是抵御匪贼的最好屏障，村人从此过上了相对安宁的生活。土楼荫庇、福泽了几代人，直至近几十年天下太平、社会安定后，人们陆续走出土楼，这座经风历雨的坚固屏障终于日渐没落。居住在土楼内的赖氏子孙走四方闯世界，有的到城市投资兴业，成了一方巨贾，有的学有所成，仕途遂顺，举家外迁，哪怕一些留恋家乡的人，也在土楼周围建起了一幢幢新屋，使土楼旧址成为了一种寄托追思的图腾，日久而斑驳，终于渐渐坍塌了。直到有一天，在外创业有成的一位赖氏子侄回到老家，决定出资在土楼原址重建新楼以志纪念，这一举措得到全村人的一致支持，于是红砖墙替代了原先的黏土墙，一座气势恢宏的现代土楼终于又呈现在人们眼前。如今的恒升合璧楼落成于2009年，基础仍然沿用数百年前溪石垒成的地基，大门亦保留原来的格局和朝向，整体风格既传承了旧土楼的风貌，又与现代建筑工艺相结合，呈现出古朴而又新颖的独特风格。

走进恒升合璧楼，一楼为独立单元，共计二十户，每户独立开门，其中正对大门的为中堂，厅堂上供有赖氏祖宗牌位；中堂左右几间分别是男女卫生间和公共澡堂；其余各户原为村民自有，重建后所有权仍归村民，但遇到楼内举行活动，则被用来当当待客的厨房、饭厅等。楼上为连廊式结构，楼板以杉木板铺设，二、三楼共用一付倚靠门厅一侧而上的木楼梯，经绕楼而行的连廊可进入各个房间。二楼连廊靠内侧临窗，房间则靠外侧楼墙；三楼连廊则贴楼墙绕行，房间靠近内侧临窗。每个房间之间以砖墙隔开，房间与连廊之间则用香樟木制成的屏风相隔，屏风、窗棂均为纯手工雕琢的仿古风格，上面布满了精美的雕刻，边角处多为梅兰竹菊、花鸟鱼虫等图案，主景侧雕有水浒传、三国演义、西游记等古代名著绣像，以及二十四孝图和一些上古神话传说、佛教故事拓图等，内容丰富、包罗万千，雕刻工艺固然谈不上精美绝伦、巧夺天工，但也精雕细琢、匠心独具。

除了墙体由生土夯筑改为红砖垒砌，从外观结构上看，恒升合璧楼与遍布闽西南的大多数土楼并无二致，一样是全封闭式独立结构，整座大楼只有一个拱顶楼门与外界相通，底层密闭无窗。大门一闭，亘古以来生活其间的几十户人家上百号人口便与外界隔断联系，成了一个独立王国。然而，在楼内生活却又是热闹的，张扬的，人与人之间少了隐蔽的私密性，更多的是彼此间的坦诚相待、无拘无束，那是整天闭户独处的城里人难以体会到的。

往常土楼里人丁兴旺，生活气氛浓厚，在自家厅堂泡一壶新茶，浓郁的茶香飘溢而开，都会招来三五个邻居摆上半天龙门阵；入夜时分，东家儿啼，西家梦呓，哪怕一个不经意的咳嗽声都能传遍整个楼层；楼层木板隔音效果不好，每每有人行走，咯吱咯吱的脚步声基本能让人判断出是谁人起夜了。尝闻有一户人家迎娶新妇，新娘子因为担忧隔墙有耳，住了十天半月仍羞于宽衣解带，把新郎官憋得羞恼不已，被人当做了茶余饭后无伤大雅的笑资。今天的恒升合璧楼虽然修筑一新，但已无寻常人家在楼内生息，更多的是被当作了一个举行各种活动的公共场所，赋予了别样的内涵，楼上的房间也被设计成了古朴而简易的客栈，常有外来宾朋于此歇息、过夜，体验别样的土楼生活。楼内天井宽敞而平坦，人们常于此举行烧烤晚会、篝火晚会等活动，当此时，风格古朴的土楼内灯光闪烁，欢快的乐曲在山村回荡，那又是另一种热闹的场面了。

随着时代变迁、社会日趋进步，富美乡村日新月异，昔日的穷乡僻壤溪头村如今不但土楼重筑，而且新辟了公园、会所，修建了清冽甘甜的山泉泳池，成了八方宾客前来休闲游玩的一方乐土了。在这远离都市的角落，焕然一新的恒升合璧楼是喧闹的，也是静谧的。你大可以一位过客的身份到这里竟日流连、放牧身心。夜深之时，在楼里无所牵绊地安然入睡，近处是隔墙此起彼伏的鼾眠，远处是楼外蛙虫欢快的夜鸣声，天将启明，晨曦缓揭，周遭林梢鸟儿啁啾，兼有村社鸡鸣犬吠不绝于耳，是谓静中有闹，闹中取静，令人仿佛回到了"采菊东篱下，悠然见南山"那种远离都市喧嚣、没心没肺的乡间田园生活，不亦快哉！

（《闽南风》2015年4月号）

第三辑

故园·故痕

　　对科山土楼的印象，我是在30多年前就已烙下了的。彼时二八年华
不负韶光，曾经有过一次同学间的远足邀游，郑兄的老家科山便是其中
一站。岁月悠远，当年远足邀游的同学已天各一方、大抵少有联系了，
所见所闻的诸多情景更已淡然消逝，但郑兄祖上世居的那一座座土楼，
仍时常萦回于脑际。因了这，当我萌生出撰写土楼风情系列文章的念头
时，再作一次科山土楼行也便早早排上了日程。

　　科山位于平和县芦溪镇东部，是东槐村辖下一个村民聚居点。东槐
旧称"桐皮"、"潭皮"，是芦溪镇内一个较大行政村，东部隔着一道柯
山岭与南靖县的葛竹村接壤，西侧经由芦溪镇至平和县城约60公里路
程。实际上在1955年以前的很长一段历史时期，今南靖县葛竹村亦归属
平和县管辖，东槐与葛竹两村民众互动频仍，海拔近千米的柯山岭虽然
陡峭险峻，却有古道相通，交通尚算便捷，而东槐因地利之便，逐渐形
成人口相对集中的小圩市。许是造化弄人，葛竹村于1955年划归南靖县
后，与东槐两地民众往来渐次减少，柯山岭便越发难以逾越，东槐圩也
就日渐没落了。

　　科山社就在柯山岭下，六七百号郑姓人口聚居于地势狭长的溪谷坡

地。站在柯山岭眺望，四座或圆或方的土楼一字排开，呈南北走向坐落于曲折迂回的溪流西岸，使得这个偏远静谧的小山村多了几道沧桑悠远的岁月履痕。这些土楼建筑均诞生于清代中晚期，这一时期，正是闽西南山区土楼建筑兴盛之时，比肩矗立的四座土楼，成为科山郑氏世代繁衍兴旺的写照。

毓秀楼

从建筑年代看，毓秀楼应属科山土楼群中最早建成的一座土楼。这是一座方形双环楼，楼高二层，面宽约30米，纵深约34米，占地面积约1020平方米，正面为三川式屋顶，外墙面二层设有方形窗口。大门朝向东北，为条石方框套拱券门，门宽1.68米，高2.54米，门楣上方嵌有一块石雕"毓秀楼"匾额，题款为"嘉庆戊午年"。匾额下门楣处置有两枚圆形浮雕门簪，中间为太极阴阳鱼，环饰菊花图案。门前铺有三级条石踏跺，前面视野开阔，有一空旷广场，为村民开展活动的主要场所。进门走过门厅，前面是一个长约12.8米、宽7.2米的方形楼埕，楼内共计十个单元二十二开间，单元门原为砖砌拱券门，有部分改建成矩形门，内立面为青砖墙面，未设内台明。楼内单元均为二进式含小天井格局，靠近门厅单元前落为马鞍脊屋顶，与大门相对的一单元一层为郑氏祖祠，其余各单元为住户。二层设有闭环式方形内连廊，经由门厅一侧公用楼梯上下，各单元户内未设自用楼梯。

毓秀楼建成时间为嘉庆戊午年（1798），迄今恰好220年整，据族谱记载，建楼者为科山郑氏十二世三房公郑日。整座毓秀楼原先保存完好，大约在上世纪90年代，有住户于楼内设置茶坊加工茶叶不慎引发火灾，导致后侧数单元被烧毁，如今毓秀楼仅前部分尚且完好，后半部分侧早已坍塌破败，残垣处长满香蕉树、藤萝等绿植。直至2010年，郑氏子孙在正对大门原址重修郑氏祖祠，供奉郑氏先祖牌位，并立碑以记。

溪春楼

溪春楼就在毓秀楼南侧，沿溪边迂回行走百多米即到，实际两楼之间直线距离不过20米，是科山土楼群中唯一的圆形双环土楼，楼体直径约30米，高三层，也是科山土楼群里最高的一座。楼门朝向东北，为花岗岩条石方框套拱券门，门宽1.68米，高2.58米，配有内外双重木门扇。门前置有五级垂带踏跺，门楣处嵌一石刻"溪春楼"匾额，楼名左右未见落款。匾额下方门楣处亦置有两枚太极阴阳鱼状浮雕门簪，形状与毓秀楼类同，墙根外侧铺有石砌外台明，宽约0.9米，高约0.7米，靠近大门左侧立一块"石敢当"。走进大门，门厅、楼埕均为卵石铺设地面，楼埕直径约9.4米，右侧有水井一口。楼内平面共计十四开间，内墙为青砖墙面。扣除门厅和中间一单元三开间的祖堂公厅，左右两侧各有四个住户单元，合共八个住户单元，入户均为砖砌拱券门，顶部左右各置一方形石雕门簪。各住户单元为二进式，分前后两落，因单元含墙进深仅9米有余，前落显得狭窄逼仄，仅具通道功能；中间带一宽不盈尺的袖珍小天井，当属我所见过土楼中最小的天井，天井底部设有畅通的排水窨道。越过小天井，后落厅堂较为宽敞，靠墙边有楼梯通往二层。三层则为通廊式结构，单元内不再设楼梯，需经由门厅左侧的公用楼梯上下，三层设有闭环式内通廊，通廊每隔三个单元又设置一道青砖拱券门，拱券门外侧山墙延伸至窗外檐下。

溪春楼整体概貌保存基本完好，仅部分单元前落屋顶塌陷，楼体结构严谨，楼内窗棂做工考究，部分榫头构件雕工精美，称得上是一座土楼精品。如今楼内尚有一户单口之家居住，其余住户均已迁至楼外。因楼名匾额未刻建楼时间，经查询郑氏族谱得知，溪春楼建成于道光二十九年（1849），由科山郑氏十三世五房公郑嚩所建，迄今近170年历史，比毓秀楼晚了半个世纪。

聚德楼

聚德楼紧挨着溪春楼南面，两楼之间隔着一道约莫三四米宽的巷道，位置上处于科山四座土楼中的最南端。就外观而言，聚德楼与毓秀楼有着异曲同工之妙，也可以说是毓秀楼的复制品。同样为方形双环楼，楼高二层，大门朝向东北，为褚红色条石方框套拱券门，内外双重木门扇保存完好，门前铺设三级踏跺。门楣上方嵌一石刻"聚德楼"匾额，匾额下方门楣处置两枚圆形太极纹饰门簪。楼内共计10个单元22开间，正对大门一单元三开间为二进式祖堂，前落向楼埕凸出数米，使得中间楼埕呈"凹"字形状。二层设有内通廊，后侧横排通廊比其余三面高出约60厘米。其内部结构与毓秀楼不同之处，在于除了门厅一侧有公共楼梯通往二层外，四个角落又各有一副楼梯，整座聚德楼共计设有五副楼梯可供上下，极大地方便了楼内住户活动。与毓秀楼另一处不同的是，聚德楼大门前方约十米处立有一堵照壁。这一照壁的出现，源于聚德楼大门正前方是两山交汇的岔口，这在风水学上是大忌，故在堪舆者的建议下立一堵照壁以避凶兆。

依楼名匾额上的落款可知，聚德楼建于道光壬寅年（1842），比溪春楼早7年建成。据族谱记载，建楼者为科山郑氏十三世六房公郑纤，与毓秀楼肇基者郑日、溪春楼建楼者郑嚩互为父子、兄弟关系。

阳春楼

与毓秀楼、聚德楼的方正规整，溪春楼的浑圆端庄相比，处于科山土楼群最北侧的阳春楼则显得较为奇特，其形状似圆非圆、似方非方，从外观之呈扁长状的椭圆形，由内而观又仿佛形如龟背的八卦状。其为双环土楼，楼高二层，门朝东北而开，为花岗岩条石矩形门，门宽1.52米，高2.4米。门楣处匾额为"阳春楼"，题款时间为"光绪壬辰年"。楼内卵石铺设的楼埕长约12米，宽约9米，除一口水井外别无他物，显得略为空旷。埕边檐下未设内台明，楼内平面二十二开间，扣除门厅和正对面的公厅不计，两边共计10个住户单元，单元入户均为砖砌拱券门，各单元内立面为青砖墙面，入户门边墙体刷着"伟大祖国满园红"等字样的标语式对联，彰显着上世纪六七十年代的文化特征。沿着门厅一侧楼梯步上二层，靠窗一侧设有内通廊，每隔三间设一道砖砌拱券门洞，共计八道拱券门洞，所处位置山墙延伸至窗外檐下，环楼形成椭圆形的八卦状，形象独特，颇为与众不同。

楼名匾额题款的"光绪壬辰年"为公元1892年，由此推算，阳春楼建成至今尚不足130年，在科山土楼中算是"资历最浅"的一座土楼了。与另外三座土楼相比，阳春楼外形略显简陋，但整体保存相对完整。颇为遗憾的是，阳春楼由何人兴建，郑氏族谱并无记载。

科山土楼与郑氏渊源

从1798年毓秀楼肇基起始至1892年阳春楼落成，前后不足百年时间内，地势偏远的小小科山村社先后矗立起了四座形状不一、建筑工艺各擅特色的土楼。尤其难能的是，建筑土楼需以耗费巨大的财力、物力、人力为代价，科山郑氏能在短时间内完成这样的浩大工程，在当时堪称大手笔了。

据当地人家珍藏之旧版《郑氏族谱》（民国二十四年裔孙惠培所录）记载，东槐郑氏系南宋义士郑虎臣后代，郑虎臣之父均宝公郑埙曾于宋理宗年间出任越州同知，遭奸臣贾似道陷害流放致死。宋德祐元年（1275）贾似道督师应战元军兵败，被弹劾罢相谪为高州团练副使，发配循州（今广东惠州一带）安置。时有会稽县尉任满到京的郑虎臣为雪父仇，请旨押解贾似道，一路对贾似道凌辱备至，只希望其受辱不过自寻绝路，岂料贾似道乃贪生怕死之辈。行及漳州城南，郑虎臣诛杀贾似道于木棉庵（今木棉庵尚有碑记遗存；明代文学家冯梦龙著《喻世恒言》第二十二卷《木棉庵郑虎臣报冤》详细记述了郑虎臣在漳州城南木棉庵诛杀奸臣贾似道的故事）。杀贼之后，郑虎臣携道生、道养两子在漳州城南郊安家避祸。不久南宋灭朝。元朝至正年间，有贼寇陈机察作乱，道生、道养兄弟乃倾尽家财，募乡兵讨伐，因功授予太尉之职。元顺帝年间，郑道生兴兵大战陈友谅力竭身死，道养率兵救兄不成，亦自刎沙场。元朝既亡，道生遗下两子郑兴、郑容皆隐居不仕，后于明洪武年间自漳州徙居芦山，郑兴居于下卿里（今芦溪镇树林村井仔头），郑容居于上卿口（今东槐水井坑口）。是故，郑虎臣之孙郑兴、郑容为平和芦溪郑氏开基祖。

谱载，郑容之孙、东槐郑氏三世公郑德生曾在上卿口建有墩头围楼一座，大约于嘉靖年间，墩头围楼不幸被山贼焚毁，火势殃及郑氏子裔一百零四口，只有年逾五旬的六世廷华公夤夜惊觉，怀抱中堂供奉的观音菩萨越窗而逃。因廷华公长子真佑在外地做生意，幸免于难廷华公寻至长子处，父子二人寓居漳州城。廷华公年至六九方继娶妻室，虽年事已高，却也老当益壮又生了四个儿子，其后世子孙部分定居漳州，而真佑则有部分子孙回到东槐科岭脚建基立业，衍传生息。据此，今科山郑氏亦尊七世真佑公为开基祖。

昔墩头围楼所在位置大概在今之和山社南边的水井坑口，因为年代久远，其址早已无存。其后很长一段时间内未见科山郑氏再建围楼的记载，及至毓秀楼落成，已在200余年后的嘉庆年间。据旧谱载，科山郑氏十二世郑日公生于雍正辛亥年（1731），卒于嘉庆戊午年（1798），卒年正是毓秀楼落成之时。郑日公在世六十八岁，膝下育有七子，可谓子孙兴旺，其妻周氏更以九十一岁遐龄终老，在世时曾五世同堂，衍下人口达到150余人之众，一座毓秀楼自然不堪负荷。好在派下人口既多，子孙亦事业有成，闽人素有"树大分权、团大分家"的传统，除郑日公四子举家徙居广西、七子酚徙居南靖县南坑麻竹头外，先是六子郑纤于道光壬寅年（1842）自筑聚德楼一座，外观仿照毓秀楼规制，仅在内部结构上进一步优化。郑纤育有四子，在世四代同堂，以一座聚德楼安居绰绰有余。紧接着七年之后，郑嚙所建溪春楼亦于道光己酉年（1849）竣工落成。郑嚙为郑日五子，膝下又育有五子，在世亦四代同堂，只可惜他在溪春楼竣工落成的前一年即告寿终，享受不到新居乔迁之喜了。至于阳春楼由哪一世郑氏先祖肇建，旧谱则无记载，概因科山郑氏旧谱所录仅至十四世而止，之后各派房下衍传均未见补录，对此，只能留待今后进一步了解考据了。就平和县境内而言，如科山这般同一个村社有着如此密集的土楼分布，而且筑楼者又是同宗同源的一个家族，显然并不多见。尤其毓秀楼、聚德楼与溪春楼的肇建者还是父子、兄弟关系，更是绝无仅有的。

自平和芦溪郑氏开居祖郑容于明洪武年间徙居上卿口迄今已近700年，而以七世祖郑真佑拓基科山算起也已近500年，郑氏在科山繁衍二十几代，也算是人丁兴旺、人口衍传颇广。除早年曾有各房裔孙徙居广西、南靖、台湾等地外，近年亦多有族亲后裔迁居外地。国人素来安土重迁，有些人因了生活所迫而不得不远离家乡，更多的人则立足原乡本土发展。但无论在哪里安居拓业，对祖地的浓浓乡情总是割舍不断的。如今这些土楼大多已人去楼空，除毓秀楼因十几年前遭遇祝融之灾毁损大半外，其余均大体保存完好。但这种完好也可能只是暂时的，如果能够对其进行保护性维护开发，无疑将成为不可多得的旅游资源，也将大大延缓其衰败进程。如果不加以修缮维护，恐怕在不远的将来，便将破败坍塌，成为一种记忆了。

无论行走多远，土楼永远是老家的一个符号，也是游子心中的一种图腾。

（《闽南风》2019年5月号）

内林在哪里？从平和县城"圆环"出发，沿迎宾路往东行约百数十米后右拐，经由坑里村方向一路前行，跨过横跨花山溪的一座大桥就到了，全程满打满算不过2公里，显然并不遥远。换一个视角描述，内林地处平和县城东隅，东偎巍峨高耸的大屏山与天马山，西临秀水潺潺的西溪源流花山溪，南望县城阳明公园，北扼生机盎然的平和东大门。温婉的花山溪水为这片土地注入了绵延不绝的灵秀神韵，雄奇的大屏山与天马山赋予了内林人纯朴而刚性的品格。人们在这片丰沃的土地上世代生息，过上了富庶的生活，也留下了蔚为壮观的土楼建筑群，值得人们去观赏、去品味。

玉璧增辉楼

玉璧增辉楼就在内林村的中心点，楼前有一片空旷的广场便于泊车，因此误打误撞就成为我等此行踏访的第一站。

红色的砖墙，红色的瓦片，站在玉璧增辉楼前，抬头仰望就是一片铺天盖地的红，令人赞叹不已。国人素以红色为喜庆，见红大吉，毫无疑问，这是我见过最富有喜感的一座土楼。与其说是土楼，其实说是砖楼更为贴切。因其东、西、北三面外墙为红砖墙体，唯一的南面土墙已坍塌大半，使这座历经百多年历史的楼有了残缺之美。

玉璧增辉楼为单元式与通廊式结合，外观为圆角方形，楼高三层，呈坐东朝西格局，大门朝向西侧，花岗岩条石方框套拱券门，上方有一楼名匾额，楼名字迹已损毁，依稀可辨"玉璧增辉"字样，下方置两块方形浮雕门簪石。大门宽1.76米，高3米，整个大门石块錾凿规整、构造严密，显得极具气势。门槛前原铺有二级垂带踏跺，现被浇注水泥覆盖。绕楼一周，可见西侧正墙中段保存完好，与北墙接合处则有重新修葺的痕迹；东面外墙其中有一单元为二层高的土墙，其余完好；北面墙体亦完好无缺。北、西、东三面均为红砖墙面，底部则是高达1.45米、由5重花岗岩条石垒砌的墙基，上部第三层开有朝外的石框方窗。西南边墙角和南侧墙体已坍塌大半，仅余石砌墙基和半截夯土墙。南墙另开有一门，俗称"水门"，为花岗岩条石矩形门，宽1.25米，高2.2米，上方嵌一"挹薰风"匾额。"挹"有收取之意；"薰风"即东南风（《吕氏春秋•有始》："东南曰薰风"；南宋词人韩元吉作《南乡子•寿二十一弟》："好挹薰风和舜琴"）。

走进大门，原本宽敞的门厅被隔出一个单元，仅余一条不足两米宽的通道可供进出。隔出的单元据说为了安置一个五保户。走过通道，来到楼内院落，入目所见是个长约14.68米，宽约13.3米的长方形楼埕，花岗岩条石铺设的地面显得平坦整洁。楼埕四周留有一条宽约0.3米的排水沟，保障雨天楼内水流通畅；西南角有一口水井，井水清澈，井壁长有蕨草；东南角通往水门则是一条露天巷道，行走期间，有种小巷幽深的别样意趣。楼内开有22个入户单元门，合共32个开间。各单元进深不一，其中西侧单元含墙进深14.9米，东侧单元含墙进深13.5米，内台明宽约0.98米。单元均为两进一天井结构，前落单层，后落三层，单元内有斜梯通往二、三层，二层朝中庭一侧设有绕楼一周的互通连廊，三层未设连廊。

忽略南面已坍毁的夯土墙不计，整座玉璧增辉楼以红砖、红瓦的面貌示人，且楼内埕面以清一色的规整条石铺设，这般考究的建筑材料在土楼家族里恐怕是绝无仅有的。与寻常土楼相比，无疑显得更加奢华高贵，堪称土楼中的"豪宅"了。难怪一提起玉璧增辉楼，当地人都会自豪地说一句："有内林人的富，没内林人的大厝。"或者说："富不富，比不过内林人的大厝。"令人疑惑难解的是，缘何这样一座尽显奢华气质的红砖楼，却唯独南面是普通的夯土墙呢？据年逾八旬的李建华老人推测，最早的玉璧增辉楼可能为纯夯土墙构造，大约在清朝末年曾被大火焚烧过，后重新修建，以红砖替代损毁严重的东、西、北三面外墙，南面夯土墙因受损较轻得以保留原状。诚然，红砖楼墙更为坚固耐用，因此经过百数十年风雨后，南面夯土墙终于不堪岁月浸蚀而坍塌，而北、东、西三面红砖墙体则犹然如新。

拱西楼

拱西楼位于玉璧增辉楼北边，两楼相距不过百米。在外观形状上，拱西楼同样是一座圆角方形楼，楼高两层，单元式结构。楼门朝向西面，同样是花岗岩条石方框套拱券门，石雕楼名匾额"拱西楼"三阴刻大字，右边题款"道光丙午年"，左边落款"端阳月造"点出了建楼年份。门楣下方置四块分别雕有松、竹和龙鼎的浮雕门簪石，左右各两块叠加，用以支撑固定外门扇，外门扇为杉木材料，保存完好。楼门宽1.58米，高2.83米，比玉璧增辉楼门略显窄小。青石门槛已开裂，磨损较为严重。楼体外墙砌以三重花岗岩条石为墙基，上方墙体白灰抹面，南侧外墙部分未抹白灰，可见墙基以上为青砖墙面，顶部则是夯土墙体。环楼一周砌有宽1.17米、条石镶边的卵石外台明。与玉璧增辉楼一样水门设于南面，方形条石矩形门，宽0.83米，高1.97米，门上未置匾额。

大门内侧是个敞亮的门厅，宽约4.57米。楼内共计21个单元，每个单元各自独立，均为单落单进式结构，西侧单元含墙进深约10米，南侧单元含墙进深约9米，内台明0.8米。内院方埕长13.83米，宽12.87米，埕面为红砖铺设，这在别处也是少见的。埕边留一条0.23米宽的排水沟，院内未见水井。楼内个别单元有改建痕迹，其中东侧中间有一单元二层屋顶已经垮塌，其余各单元尚算完好。

拱西楼是内林土楼群中唯一有年份标记的土楼。道光丙午年为1846年，迄今有170多年历史。其余各座土楼均未见有关建造年份的记载。据李建华老人所言，拱西楼应该是内林村建成年份最早的一座土楼。相对于玉璧增辉楼的"奢华高贵"而言，拱西楼似乎低调许多。然而，也许是年代更为久远，内林人对拱西楼似乎怀有更深的情感。玉璧增辉楼的先辈曾经富甲一方，拱西楼则更具人文底蕴，历代从拱西楼走出了许多优秀人才，其中民国时期毕业于燕京大学的李青仪，曾担任解放后平和一中（新民中学）第一任校长，一生从事教育事业、乐育英才；又有李文林于民国初期毕业于北平大学，回乡后积极从事教育事业，曾担任东溪中学校长，对家乡文化事业的发展起到推进作用；近年来，拱西楼更走出了一位中国美术家协会会员、中国书法家协会会员、当代书画名家李平生。他们无不致力于艺术创作与文化教育事业，可谓薪火相传、后继有人，也成为内林人引以为豪，值得在茶余饭后津津乐道的底气。

植德楼

植德楼在玉璧增辉楼东首，距玉璧增辉楼同样仅百米之遥。与前述两座圆角方形楼不同，这是一座真正意义上的方角方形楼，高两层，单元式结构。大门朝南，为花岗岩条石方框套矩形门，门宽1.45米，高2.36米，门前铺三级垂带踏跺。上方置一长方形石雕匾额，楼名"植德楼"为阳刻浮雕，左右无落款。门前未置门簪石。楼体外墙下半部分为青砖墙体，上半部分为夯土墙，外抹白灰。墙脚为单层条石墙基，外台明仅0.3米宽。西侧外墙设一道水门，为单重条石方框矩形门，宽0.9米，高2米。门上石雕匾额为阳刻"挹西爽"字样，其中"爽"字为简化的行书字体，不易辨识。

楼内为方形内院，楼埕长14.15米，宽12.2米，方正平直的花岗岩条石地面，楼埕中间有水井一口。整座楼共22开间，为单落单进式结构，单元含墙进深8.8米，楼上未设互通连廊。楼内单元多为条石矩形门，有数间被改造成单层钢筋水泥平房，其余保存较完好，从院里晾晒衣物可知，楼内还有数户人家居住。

植德楼建造年份不明，大体上应该晚于拱西楼。楼名"植德"蕴含有立德之意，晋王羲之《与谢万书》："虽植德无殊邈，犹欲教子孙以敦厚退让。"可见以"植德楼"为名，有李氏先辈勉励子孙立德行善、敦厚传家的殷殷期盼。西面水门匾额"挹西爽"，则语出宋诗人李曾伯的《过三衢道士郑云谷出示谢叔达诗因和韵》："佳气挹西爽，好风南来薰"，西爽意指西方山里的隐逸之气，与水门朝向西边相契合，有纳取西来隐逸之气的意蕴。

文山楼

文山楼介于玉璧增辉楼和植德楼之间，与植德楼仅隔一条数米宽的巷道。在楼形外观及内部结构上，与植德楼极为相似，同为方角方形楼，青砖与夯土混合墙体，楼高二层。楼门朝南，花岗岩条石方框套矩形门，内重门楣为木砖结构，门宽1.45米，高2.35米，门前铺有四级垂带踏跺。门楣上方匾额"文山楼"三字为阴刻行书，右首雕有两枚篆章，左边落款疑似"泰丙书"字样，下方加盖印章，建楼时间同样难以考证。匾额上方墙体已坍毁，被改成平台屋顶，边沿砌有镂空水泥花窗护栏。

楼内共计24开间，单元各自独立，含墙进深7.7米，单元入户门为砖砌矩形门。内院长15.6米，宽14.7米，为卵石地面，有水井一口。环视楼内，部分单元屋顶垮塌，也有个别单元被改建，屋顶或一层、或二层，参差不齐，院内曾有个别住户加盖猪圈，加上埕中堆放杂物，显得杂乱无序。在内林现存四座土楼中，文山楼显得平淡无奇，也似乎因久无人住而备受冷落，最为破旧不堪，以至于有些外来访客甚至忽略了其存在。

侯山李氏与内林渊源

花山溪蜿蜒流过大屏山和天马山脚下，给这片广阔的土地带来了肥沃的养分与丰沛的水源，为人们提供了良好的繁衍生息环境。据了解，内林原名"梨林"，因大屏山麓有一片茂密的梨树林而得名；又有说内林原为"梨蓝"，系蓝氏畲民聚居之地，后蓝氏畲民徙居他乡而没落，又成为李氏安居之所，如今内林住民多为李姓。

查阅《侯山李氏族谱》可知，内林李氏源自侯山（今小溪西林）。

侯山李氏，一说是唐朝皇族后裔，一说系出唐朝天宝年间名将、临淮王李光弼之后；又有传闻入闽始祖火德公系宋代抗金名臣李纲之后，总之其先祖若非名将即为良相。大约在南宋末年，火德公八世裔孙孝梓公自永定湖坑辗转至南胜散坑（今小溪镇产坑一带）开居繁衍。明朝正德五年，五世李世浩率领族人于侯山围筑"西山城"，历时十载而功成，成为侯山李氏安居乐业的家园。同治三年九月，太平军李世贤部朱义德率军进入平和，曾踞守西山城抗击进剿清兵。至民国十五年，国民革命军进入平和，营长洪哲明在修建小溪中山公园时派人到西山城将城墙石料拆除，使得西山城面目全非。数百年来，侯山李氏重视培育、教化子弟，族中人才辈出，明、清时期即有7进士、14举人、33贡生、72个秀才，出类拔萃者有明代音乐理论家李文察、翰林院检讨李光熙、清代诗人李赞元等；另有徙居泉州府安溪的李光地，系康熙九年进士，曾官至文渊阁大学士兼吏部尚书，成为位高权重的一代名臣；移居广东长乐（今五华县）的侯山李氏后人李威光则于乾隆三十七年钦点武科状元，官至南澳总兵，诰封从二品衔"四世武功将军"。

内林李氏先祖观佑公（生于1408年，卒于1454年）为侯山李氏第四世，大约于明朝景泰年间由西林分衍至内林，自观佑公以下，李氏在内林衍传至今已有20代，人口约2300人，人丁兴旺，人文荟萃。关于内林土楼由谁所建，当地人说法不一，有说拱西楼由观佑公所建，但拱西楼建于道光丙午年，距观佑公所处年代已过去整整400年，故这一说法并不准确。较为一致的说法，是李氏先祖先建了一座方形的拱西楼，后又陆续增建"玉璧增辉楼""文山楼""植德楼"等三座方形楼，前后历时数十载。至民国初年，内林李氏人口骤增，又在旁边新建了三座土楼，与原有四座方形楼形成北斗七星的格局。如今后建三座土楼早已塌废无存，所谓"北斗七星"格局也便无从验证了。

严格意义上来说，内林村现存的四座土楼并不是纯粹的土楼，除了与寻常方形土楼拥有同样的造型结构外，其外墙大都为砖墙，或砖、土混合墙体，只有内部单元均以夯土墙隔断，这也是其建筑材料使用方面的独特之处。尤其玉璧增辉楼的红砖外墙、红色屋顶，更令人眼前一亮，因其外观端庄华丽、结构严谨，当地人甚至雅称"红宫"，在心里将其与帝王宫殿相提并论了。内林村就在县城东隅，驱车出城瞬息可达，能有这么分布密集且独具特色的土楼群是十分难得的。惟其可惜的是，这些土楼的修缮保护工作并未得到足够重视，仅拱西楼于2015年被列入平和县文物保护单位，并由出生于拱西楼的画家李平生发起在楼内成立了艺术创作基地，为拱西楼注入了传统与现代相结合的文化元素。近年来，许多地方依靠民间力量，自动自发地对世代居住、已经残旧破损的祖宗基业土楼进行修缮保护，如国强乡的六成楼、崎岭乡的祥和楼等，都遵循了"修旧如旧"的原则，取得了很好的保护性效果，我想，这样的行为值得内林人借鉴。

与日渐没落、荒废的土楼相比，就在玉璧增辉楼前，一座主祀玄坛元帅赵公明神位的玄坛宫建得金碧辉煌、美轮美奂。与内林李氏源自侯山李氏一样，玄坛宫香火亦由侯山宫分灵，侯山宫是李氏先祖于明朝正德年间修建的道教宫观，主祀玄坛元帅、关圣帝君和道教三清道祖等，是福建省涉台重点文物保护单位。在内林村修建玄坛宫奉祀玄坛元帅，这也算是一种宗族信仰的传承吧。

（《闽南风》2021年5月号）

芦溪镇位于平和县西北部，与南靖、永定二县接壤，旧时平和县通往闽西汀州府的官道必经之地。得地理位置之便，土楼成为芦溪最重要的建筑符号。据不完全统计，芦溪镇全境曾有过大大小小近50座土楼，其中最著名的，莫过于被列入全国重点文物保护单位的"绳武楼"，以及曾被同济大学考察队称为"迄今已发现的世界最大圆形土楼"的丰作厥宁楼。

去芦溪镇采风，我得约上立民兄，一来他曾在芦溪信用社工作过一段时间，可以充当我的半个向导；二来，他的祖上是芦溪镇芦丰村人，跟我此行欲踏访的丰作厥宁楼也算是有一鳞半爪的关系吧。丰作厥宁楼就在芦丰村，旧时称为丰头坂，是芦溪叶氏三房族裔的世居地。车至芦丰，右拐过桥即进入芦溪镇区。桥头是一棵高达数十米、浓阴遮蔽了数幢房屋和大半个溪流水面的巨大榕树，立民兄说，这就是丰头坂的标志，芦溪叶氏"三春"之一的明春祖树。顺着榕树下一条水泥村道沿溪畔前行几百米，就到了丰作厥宁楼前。

丰作厥宁楼又称"寨仔"，为三环圆形土楼，楼体直径77米。站在楼前，映入眼帘的是一副花岗岩方框套拱券大门，门宽1.71米，高2.55

米，面朝东北，左侧连着一堵十数米高的楼体残垣，右侧是高低错落的屋顶，有修旧的痕迹。门楣上方匾额为阴刻楼名"丰作厥宁"四个大字。两侧门柱是一副对联："团圆宝寨台星护/轩豁鸿门福祉临"。踏过门坎，迎面是一条狭长的门厅通道，中间条石为路，两边卵石铺地，条石多有雕饰图案，显然是后人从别处移来铺设的。走过门厅通道，眼前豁然开朗，楼埕空旷，四周屋顶与残墙交替入目，令人叹为观止。楼内平面五十六又半个开间，单元进深22.2米，为三进三落双天井结构，前两落单层，后落四层，高19米。这样的格局，在土楼大家族里是少有的。各单元互为独立，楼上各层未设互通式边廊，只在单元内设自用楼梯上下各层。楼内各单元为花岗石门柱配青砖拱券门，个别单元为矩形门框。内立面为青砖墙面，檐下未设内台明，空旷的楼埕直径达到29米，中间一口直径3米的大水井，井口以三块石板覆盖，仅留三个呈"品"字形排列的圆孔，可供三只吊桶同时汲水。据言楼内曾设有地下暗道，既有利于排水防涝，又可供楼内人员在楼门受困时暗中转移。宽大的楼埕，成为楼内重大公共活动的场所，族里过节唱庙戏时，曾延请三个戏班在楼内同时搭台唱戏，彼此之间竟不相互掺杂干扰，可谓盛况空前的一大奇观。

如此规模宏大的丰作厥宁楼，到底是由何人兴建于何年代呢？追溯丰作厥宁楼的历史，有必要先捋一捋芦溪叶氏的来龙去脉。

公元1368年，元朝政权土崩瓦解，朱元璋在南京登基称帝，大明王朝宣告成立。是时，历经20余载战乱之后，大明天下初定，江山遍地疮痍、百废待兴，百姓生活处于极端贫困之中。为了快速恢复生产、发展经济，朱明王朝一方面采取轻徭薄赋措施鼓励农业生产，另一方面制定了移民政策，按"四口之家留一、六口之家留二、八口之家留三"的比例，鼓励农民从狭乡移到宽乡，从人多田少的地方移到地广人稀的地方。

就在这样的时代背景下，洪武二年（1369年）的一天，清澈见底、蜿蜒西流的芦溪之畔，迎来了一群风尘仆仆的人，男女老少扶老携幼，当首一位头戴方巾、衣冠楚楚的长者，虽神情疲惫，举手投足间却不失儒雅，颇有官宦后裔的风范。这位长者名唤叶兴发，系同安佛岭叶氏八世、人称"郡马爷"的叶益之曾孙，因自诩出身书香门第，出入常戴方巾，被时人称为"头巾公"。当此天下初定，叶兴发为谋生计，携家带口自南靖草坂出发，途经吴宅，一路跋山涉水而至芦溪之畔，见此地山川秀美、流水淙淙、脚下土地肥沃、插柳成荫，遂于芦溪畔之田螺盂勘地开基，繁衍生息。此叶兴发即为日后芦溪叶氏开基祖正寿公。

据芦溪叶氏族谱记载，正寿公先后娶妻两房，膝下育有四子，因崇尚儒家纲常之理，乃以"仁、义、礼（智）、信"为子名，长子曰均华，讳祖华，号时春；次子曰均义，讳荣华，号长春；三子曰均礼，讳重华，号明春；四子曰均信。正寿公在田螺盂"起居造炉、垦治田野"，及至子女成人，即命众子分家自立、向各水草丰美处延展。长子均仁定居招卿（今蕉坑），次子均义定居枫林（今鹭厦），三次均礼定居丰头坂（今芦丰）。另有四子均信，则移居云霄县火田镇西林村一带"西篮堡"，成为异地拓基之另一支脉。居芦溪招卿、枫林、丰头坂之三大房，以字号时春、长春、明春为名，世称芦溪叶氏"三春"。为标明各房分支发祥地，分别于招卿、枫林、丰头坂植下一株榕树，喻叶氏子孙，当如榕树一般，汲取一方水土之养分，永世根深叶茂、焕发无限生机。迄今640余载过去，三棵大榕树已成为芦溪叶氏繁衍故土的标志，外出游子回返故里，只要看到大榕树，便找到了家园，寻到了自己的根。

丰作厥宁楼，即为芦溪叶氏三房均礼公之后裔、十二世孙叶长文于清康熙年间（具体建楼时间有康熙三十七年、康熙五十九年两种说法）所建。此时距均礼公肇基丰头坂已过去近300个年头，叶氏家族立足这片丰沃水土，人丁兴盛，子孙繁衍甚众。叶长文膝下共有八子，虽然人多力量大，但兴建偌大一座土楼，也耗费了数十年之功，所花银两不可胜数。当地至今仍流传着叶长文少时以卖糍粑为生，因路遇落难的贼王被吃光糍粑，叶长文不以为怨，反而拿钱资助贼王，终受贼王感恩回报而经商发财、积攒下建楼资本的故事。诚然，岁月已经流逝了数百年，再动人的故事也已成为难辨真假的一种传说，当年兴建的土楼，则被子孙后代真实地传承至今。有据可查的是，丰作厥宁楼最初的楼联是"丰水汇双潮，十二世开疆率作/厥家为一本，亿万年聚族咸宁"，上下联首末四字合起来正是楼名；"丰水汇双潮"当指楼门所望，正是芦溪之源东、西两溪经此汇流；"十二世开疆率作"则是芦溪叶氏十二世孙叶长文。此联寓意颇佳，既载明了建楼的地理环境及建楼者辈序，也表达了对后世繁荣的殷切期望，只是不知何时、由何人改成今之楼联，其意差近矣。

可叹的是，丰作厥宁楼固然地理风水殊胜，数百年来令叶家后世富贵双全，出现了"五代千丁"的兴旺景象，但也命运多舛，曾多次经历水火之灾：先是发生于1908年的一次特大洪水，将丰作厥宁楼冲毁大半，整座土楼几成废墟；未几，经过修整重建的土楼又于1930年突遭祝融之灾，因青壮年皆外出劳作，楼里老幼妇孺无力灭火，致使火势蔓延，连烧三个昼夜，整座土楼面目全非，再难恢复往日面貌，这也是后世所见丰作厥宁楼外环三、四层高低错落、楼顶风格不一的缘由；而最近一次，则是三年前的2015年12月13日，居于楼内一位智障人士因母丧守孝焚烧纸钱，不慎引燃衣物家什，导致相连7个单元共计28间房屋被焚毁。据了解，丰作厥宁楼鼎盛之时曾经生活着近600号人口，如今所见之丰作厥宁楼，原住民大都已经搬离了，整座楼内更显满目疮痍、千疮百孔，观之令人感叹岁月之无情。个别单元虽有人居住，但多为外来租户，他们不懂得，也没有能力对这个短暂的寄身之所加以改变。当地政府虽曾表示将对丰作厥宁楼进行系统性的修缮维护，但就现状而言，因涉及产权和资金投入等诸多问题，这样的工程恐怕任重而道远，不可预期。

毋庸置疑，丰作厥宁称得上是闽西南土楼群里具有代表性的一座。几年前，有位厦门资深媒体人从一张由伦敦寄回来的明信片上发现了一张邮戳日期为"1913年2月2日"的邮票，经过对比，邮票上的土楼正是丰作厥宁楼，这是目前已知最早登上邮票的土楼建筑，也算是隐于深山的闽西南土楼被世界发现并认可的一种见证吧，这对于丰作厥宁楼来说，也是一种难得的殊荣。随着福建土楼被列入《世界遗产名录》，近年来土楼旅游逐渐趋热，越来越多的游客慕名走进丰作厥宁楼，给这座已经孤独多年的破旧土楼带来短暂的热闹。然而对于游客来说，他们更多的是抱着一种猎奇心理到此一游，游过即走，雁过无痕。留给丰作厥宁楼的，依然是一种人走茶凉的落寞与茫然。

　　说起来有点不可思议，我记忆中对"江寨"的最早认知，竟然来自于乡村社戏。老家素有立冬时节举行冬祭的习俗，各福户（参与冬祭的各家各户称为"福户"）置办三牲祭品，于良辰吉时齐聚社头庙宇祭拜神明，祈愿众生平安、来年风调雨顺、五谷丰登。冬祭的重要环节，便是由各福户凑份子钱请来戏班连续唱上三夜"神明戏"，在那个物资匮乏的年代，资讯尚欠发达，乡间娱乐活动不多，社戏无疑最受欢迎。戏班以闽南地区传流的芗剧"改良仔"或潮剧"大班戏"为主，有些村社因福户较少请不起"大班戏"，便以演木偶傀儡戏或播放露天电影替代。这里的潮剧"大班戏"，当属"江寨潮剧团"最受推崇，能请得上江寨潮剧团来演"大班戏"的村社，可是一件倍有面子的事。少时懵懂的我由此而知有个"江寨潮剧团"，却不知江寨地处何方、距离老家有多远，更不知除"大班戏"外江寨还有什么值得人们去了解的东西。

　　此为题外话，本文要探究的，是江寨村那座拥有几百年历史的土楼——淮阳楼。

　　淮阳楼位于大溪镇江寨村，距国家级风景名胜区灵通山仅咫尺之遥。我曾于2012年立春随队考察灵通山旅游资源，机缘巧合之下与淮阳楼有过一面之缘，奈何其时行色匆匆，未能与其有过多交集，直至2019年一个冬日，方找到机会再次踏访。

那是一座似圆非圆、似方非方的异形楼，楼门朝向西南，花岗岩条石矩形门框，宽1.48米，高2.38米，楼门上方为一砖框石灰面的匾额，上书楼名"淮阳楼"三个蓝色大字，旁边未见落款。楼门两侧为砖砌墙体，想来系近年重新修缮，楼名亦非原迹。楼呈坐西北向东南格局，西北端较窄，东南端较宽，东西最长距离约115米，南北宽约100米，这样的身段，在土楼族群里绝对称得上是个庞然大物了（其规模似乎仅次于相距不远那座号称世界最大土楼的庄上土楼和位于平和县安厚镇的云巷斋）。楼内单元含墙进深13.17米，为两进式结构，前落单层，后落两层，中间隔一小天井，这与平和境内大多数土楼的单元式结构大抵相似，各单元二层未设互通连廊。楼内单元数量说法各不相同，有说94单元者，有说108单元者，或有说81个房间者，因楼内大多数单元或倒塌、或推倒改建成新式楼房，眼前所见已非往昔原貌。

规模如此壮观的淮阳楼，走进其中却不显得空旷，原因在于大楼中间建有江氏祖祠，据悉楼内原有祖祠三座，今仅存一座"泰堂"，为单层两落合院式结构，后落高于前落，均为悬山式双脊燕尾屋顶，外观大气恢弘。祖祠外墙石碑显示，泰堂祖祠系江氏万三公后裔于康熙乙酉年（1705）始建于淮阳楼内，迄今逾300年历史，期间几经兴毁，现状为2002年重修落成。祖祠前竖有一副旗杆石，系咸丰年间岁进士江凌汉所立。"岁进士"是"岁贡"的一种雅称，并非真正的进士。祖祠前是一块平坦的楼埕，埕前原有一口长方形水塘，今已荒废，楼中有塘，也算是淮阳楼独有的一大特色。

淮阳楼为江寨江氏世居地，大约始建于清朝康熙年间，具体年份并无确切记载。当地人提供的《鸿江族谱》记载，江氏远祖系汝南古国江国之后，自西晋至隋朝而居古河南济阳郡并以济阳为郡望，后大约于隋开皇九年移居河南淮阳郡，又以淮阳为郡望。南宋末年，江氏第110世江万顷妻黄氏九娘与媳邱氏十六娘携同七孙，于南宋祥兴元年春自江西石城逃难入闽至宁化石壁村，是年六月再迁上杭胜运里（后移居金丰里）。元末，因不堪忍受皇朝暴虐统治，各地农民起义此起彼伏，造成时局纷乱，民不聊生，百姓生活苦不堪言。为谋生计，一位体格壮实的汉子离开世代居住的汀州府上杭县金丰乡苦竹堡大溪村，一路跋山涉水往南而行，辗转来到闽南一座雄奇巍峨、奇峰突兀的大山脚下，但见周围林森幽深、风景绝佳，一条终年不竭的清澈溪流自东向西滚滚流淌，却是安宁祥和的宜居之地，汉子于此盘桓流连，经过一番思量，决定在此落脚，以打铁为业，先后在半山的葛布溪（今平和县大溪镇石坑里）、大径（今平和县安厚镇大径村）、吴子坑、何关公一带谋生，最终在狮子峰之下的大径村安家落户，繁衍生息，至明朝洪武四年寿终，葬于狮子峰山麓。这位打铁汉子，就是平和大溪江寨开基祖江肇元，后世称其为"千五公"。千五公初择居于狮峰之下大径村，诞下万一、万二、万三、万四四子。后万一、万二随母回上杭，不久移居广东丰顺；万三、万四于明洪武年间自大径移居鸿溪卜筑石堡，即为江寨之始。为纪念隋后之淮阳盛况，万三公次孙文英公后裔于清朝康熙年间建造有81个房间的新圆楼，名曰"淮阳楼"，万四公后裔则建祖祠"济阳堂"。这里提到淮阳楼是一座拥有81个房间的圆楼，与眼前所见有较大差异，是否历史上曾经历过重大改、扩建不得而知。

自千五公而始，江氏在江寨肇基已有600余年，衍传了二十几代，如今居于江寨的江氏后裔达4000余人之众，连同附近的赤坑、坑口、大松等村社，合计平和境内江氏人口已超过7000人。数百年来，以淮阳楼为祖居地的江寨人历经多次社会变革而顽强生存，尤其在明清交替的复杂社会环境下，江寨人承担军饷、官租、服役者不可胜数，以致公田卖尽，生活困苦，许多人不得不循着先祖的步伐再次远走他乡，其中不乏渡台谋生者。有史可考的是，千五公第四代孙江巽、江湘最早于乾隆初年前往台湾彰化拓基；尔后，江士印、江士香、江士根三兄弟则于乾隆中期迁台，成为桃园县大溪镇江氏开基祖。据统计，如今江姓已成为台湾第25大姓氏，其中江寨后裔有一万多人，超过了江寨祖地人口。值得一提的是，淮阳楼后人不但繁衍甚众，而且秉承江氏先祖、宋代文学家江淹遗风，历代重视对子孙后辈的文化教育，尊儒尚贤之风鼎盛，培育了许多贤能之士。2006年5月21日，千五公第二十三代孙、时任中国国民党副主席江炳坤历经多次辗转回到祖籍地江寨村省亲祭祖，为江寨乡亲赠送亲笔签名书，并慷慨捐资助学，设立江寨小学奖学奖教基金，受到乡亲盛情款待，并回赠五谷、家乡井水、《鸿江族谱》、江寨全景照片等礼品，暗喻其毋忘原乡故土；2018年8月，已是86岁高龄、为两岸交流作出重大贡献的江炳坤先生不顾年迈体衰再次回到江寨，为供奉千五公的江寨大宗祖祠"梦笔堂"题写匾额并出席公祭大典，一时盛况空前，体现了同根同源、血浓于水的故土情缘。

在淮阳楼内驻足，感受这座历经数百年沧桑的土楼遗韵，心里别有一番感慨。与大多数土楼都建于平坦地面不同，淮阳楼依地势而建，由东南向西北逐渐升高，楼内地面南北两端高度差达到数米，南边较为平整开阔，北边则呈斜坡状，中间铺有卵石台阶，阶边植有数棵龙眼树。站在西北侧斜坡处，奇峰突兀的灵通山悠然在望，使这座传承数百年历史的土楼平添了几许山水灵韵。楼内可观山赏景，这是淮阳楼独享的福利。倏然间想起我童年居住的老家乡村，若得天朗气清之时，在老家门前亦能看到灵通山，但那是相隔数十里远、跨越了数重山峦的一种眺望，何曾有身在淮阳楼，抬眼即览灵通山、身临其境入画来的美妙感觉！

曾经多次到过楼角社，源于那里住着我的一位亲人。然而我却不曾觉着那儿的破旧房子能跟土楼扯上关系。在我的认知中，若为土楼，起码须得具备几个特征：楼型或圆或方，结构紧密，整体性强；楼高二层、三层或更多层，气势恢宏；楼内可聚居多户，全楼共用一个大门；大门一闭，就像一座坚固的城堡，外人概莫能入；楼内有水井，粮食柴火贮备充足，保障住民长居无虞。相比之下，楼角的房子就是一溜普通的排屋瓦房，更形象点说，是一列呈半圆环状的排屋，环拥着中间一座合院式大厝。

不曾对楼角的房子过多关注，是因为周遭不乏祥和楼、南溪楼、玉春楼、南山楼等或圆或方的大型土楼。跟这些土楼相比，楼角的房子难以引人注目。直至前段日子，我为搜集其中一座土楼的历史资料到楼角社走访时，深谙当地民风旧俗的退休教师曾四夷老人介绍说，很多人以为"楼角"是处在南溪楼、新楼边角而得名，实则不然，那是指玉梅楼，也叫"畚箕楼"，跟其他土楼相比有着独特的风格。为了验证他的见解，年近八旬的曾四夷老人顶着烈日带我们到现场走了一圈。

玉梅楼就在崎岭乡南湖村南面的九峰溪畔，与南溪楼仅隔着一道不到两米宽的水沟。整个楼体呈西东朝向坐落，楼前是一个上千平方米的宽旷广场。与附近高耸雄奇的南溪楼等土楼相比，玉梅楼显得不方不圆、不高不矮。外围排屋呈环状布局，俗称"巷厝"，与中间一座合院式大厝构成奇特的畚箕形建筑群落，俗称"畚箕楼"。

合院式大厝为二进结构，悬山式燕尾双脊屋顶，面阔5间18米；进深17.6米，由前落、后落两部分组成，前落一层，后落两层，中间留一长方形天井，左右为廊式厢房。前落屋顶仅余左侧燕尾双脊，后落仅存右侧燕尾单脊，其余燕尾均已损毁。中间大门为新近修成，门顶嵌一"玉梅楼"匾额。走进大门，迎面为门厅，正中置一祭台，供奉观音菩萨神像。祭台后是木制隔屏，两侧开门，门额分别书"玉为希世宝""梅占面花魁"；神像两侧屏上又有一副对联"玉臂一挥施法雨，梅花数点现慈云"既是玉梅楼之嵌字联，又点出观音菩萨之法力无边，倒是合韵。越过木隔屏，前面是个光线充足的天井，后落与前落隔着天井相望，一层中间为敞开式大厅，两边为侧室厢房，左右边墙各开一门，直通巷道。二层共有五间卧房，前边以廊道连通。

外围巷厝楼高二层，共27开间，进深10至12米不等，为二进结构，前落一层，后落两层，中间连一小天井。前落青砖墙面，后落为土夯墙体。巷厝环绕大厝而筑，对大厝形成合拱之态，左翼较长，右翼稍短，暗合青龙白虎之象。今之左翼数间已被拆旧建新，不复昔时原貌，青龙亦不可见。

巷厝与大厝之间隔一巷道，宽约2米，原为卵石地面，由外而内地势渐次抬升，如今已改成水泥便道。原来两端巷道口各设有一副门楼，与大厝正门并列而开，构成玉梅楼三个大门。大抵于数十年前，巷道口门楼被拆毁无存，导致巷厝与大厝之整体性被破坏，大多数人也便忽略了其作为"土楼"的一种存在。

据曾四夷老人整理之资料记载，崎岭曾氏系圣宗曾子后裔，明崇祯十一年（1638），平和曾氏十一世端尚公由九峰澄坑随母迁至崎岭开宗，插居下楼，后建祠下楼角，始称楼角曾氏，迄今近380载。曾氏端尚公传有4子20孙，乃迁居胡仔头内厝、溪边楼楼脚各地；十三世曾素（字蓄文）又生4子，拓建新基成为当务之急，乃于乾隆元年（1736）动工兴建玉梅楼。迄今已逾280载矣。在风行修建土楼的年代，为何玉梅楼建成如此独特之外观呢？一方面因为受到地形的限制，另一方面，则暗合风水堪舆之讲究。说玉梅楼是"畚箕楼"，实则应为"筲箕楼"。闽南山村农家器具中，畚箕呈豁口状，专门用来倾倒垃圾、粪土等污秽之用具；筲箕则呈缩口状，是装进稻谷、米粒的用具。简单来说，畚箕除秽，筲箕进财，一进一出，二者是有区别的。今之玉梅楼巷厝左翼已被改建而难窥旧貌，但从右翼之形尚可见，其两翼末端应为"筲箕"形之缩口状，可见其寓意。

曾氏自十一世端尚公肇基楼角而始，历380载繁衍，可谓人丁兴旺，迄今散居各地者已2000余众，后世才俊贤达不胜枚举。尤其玉梅楼后裔，更多出龙凤之才。近现代较为出名者，有曾力民、曾祥廷两位黄埔将领，其中第十八世孙曾力民，1933年中央军官学校第八期毕业后，回闽参加闽海抗日反攻闽清战役，曾获多枚抗战胜利勋章，于1949年去台，1967年晋级中将；第二十世孙曾祥廷，于1931年考入黄埔军校第八期，后又入中央陆军大学，以少将师长之职参加过抗日战争中的淞沪会战、武汉会战等重大战役，去台后官至少将军长。另有曾福建、曾建元等多位后裔宗彦才俊，亦成就非凡。因宗支昌盛、文武兼隆，楼角曾氏在九峰溪南岸的新南村马尾绶山麓修建了规模宏大的大宗祠"慎追堂"。

宗祠里不但悬挂有"孝廉方正""都司""贡元""外翰""外史""选魁"等明清功名牌匾，更有近现代之"将军""大校""博士"等牌匾，可谓人才济济，英勋彰梓里。该宗祠已被列为地方文保单位，并载入《海峡祠堂大观》一书。而据《武城曾氏族谱》记载，自清代中叶以来，崎岭楼角曾氏派下不断有人赴台谋生，台湾南湖曾氏聚居地同样有一座玉梅楼，彰显着地同名人同根，剥不离剪不断的闽台渊源。

在巷道间缓步而行，有母鸡在脚旁啄食，有黄犬卧于墙根阴凉处。巷道幽深，老屋寂寂，岁月在不知不觉中流逝。这一刻，虽身处市井，却没有了喧嚣与浮躁，更多的是一种回归乡野的平和与安宁。巷厝大多门扉紧闭，只一门半掩，一老妪坐于门前石阶浣洗衣物。见有人来，便脸露笑容，招呼"来坐"。眼前青砖灰瓦，见证着亘久的岁月履痕。个别单元屋顶已然塌陷，显见久无人居。与大多数土楼一样，玉梅楼人去楼空是必然的，不同的是，中间的大厝因供奉有观音菩萨神像，其大门和前厅也顺理成章被修葺一新，成为曾氏族人逢年过节祭祀祈福之所。

（《柚都平和》2017-11-20）

马氏筑楼 陈氏居

溪背社是崎岭乡合溪村下辖一个小村落，北距崎岭乡政府约1.2公里，穿境而过的207省道为村社提供了交通之便利。其址三面临水，源自双尖山的韩江支流九峰溪顺着山势迂回曲折，在这里绕出一个形如马鞍（或称马背）的开阔坡地，成为陈氏人家祖辈生息之所。"溪背"之名，大抵取其三面临溪一面靠山，有溪流之脊背的含义。

很早之前就听说过溪背社有一座土楼。就地理位置而言，这应当算是离我家最近的一座土楼，直线距离不超过1公里。然而距离近，并不意味着我对其更熟悉。实际上小时候的我除了知道溪背有一座土楼以外，对于这座土楼是高是矮、是圆是方究竟一无所知，也从未萌生前往一观的想法。——在彼时的我眼里，土楼无非就是一座阴暗逼仄、残旧破落的土房子，有什么看头呢？

去看溪背楼，是在一个阳光煦暖的冬日下午。沿着溪边曲折小径，不需要向导，也无须他人陪同，我踏过跨溪便桥来到溪背社，凭着直觉，没费多大工夫就来到溪背楼前。有别于他邑土楼或圆或方的规整外形，溪背楼外观呈独特的马蹄状。楼呈西南朝向坐落，西南一侧为平面楼墙，面宽50米，其他三面则为圆弧状楼墙，弧径最宽处近70米，足见其规模之壮观。由空中俯瞰，整座土楼形如一只巨大的马蹄，又似一个大写的英文字母"D"。楼开两门，大门位于西南侧中间，为矩形木制门框，宽约2.12米，高3.24米；另于西北侧开有一小形辅门，宽约1米，高2米有余。两副楼门门楣均未置匾额，边侧亦无楼联镌刻，可见这是一座无名土楼，因村社而得名"溪背楼"，其主人亦非什么名门望族。

楼之主体为单环式，单元进深约6.5米，单元未设前落和小天井，这样的简单结构，在平和众多双环式土楼里是不多见的。楼高两、三层不等，计有40个开间，每户设独立楼梯通往二、三层，楼上未设互通连廊，亦无公用楼梯。偌大一座土楼，单元进深仅6.5米，而楼内场地仍显逼仄，源于楼中间建有一座规模宏大的陈氏祖祠通追堂。祖祠为燕尾脊官式大厝起带双护厝结构，朝向与楼门相同，分为前后两落，进深约21米，左右连护厝宽约30米，将溪背楼中间原本宽敞的楼埕填塞得满满当当，仅余一条数米宽的卵石巷道。

溪背楼久无人居，楼内每一单元均门扉紧闭，在冬日阳光映照下显得分外寂寥，眼前所见大多数单元仍保存完好，惟东侧数单元屋顶坍毁，仅余一堵残墙高耸。找不到人开门，我也便打消了上楼观窥的念头，转而出门。楼门南隅，是一块略显空旷的广场，广场为水泥地面，东首有一戏台，戏台北侧筑一凉亭，兼有石桌、石凳等休憩设施；广场与溪背楼之间则为一口整葺一新的半月形池塘，池边筑有石砌围栏。无论广场、戏台还是池塘，都是崭新而规整的，哪怕楼里的陈氏宗祠通追堂，也被整葺一新，与溪背楼的残旧相比，显得并不相称。我在池塘边巧遇一陈姓老者，攀谈中，始知他是土生土长的溪背人，幼时曾在楼内住过。对于溪背楼的存毁，他语气淡然："楼没有人住，倒就倒了，这跟人老了一样，没什么奇怪的。"而对于溪背楼的建成年代，他则显得有些迷茫：谁知道呢？从小就在这儿住了，应该有几百年了吧。

溪背楼建于何年月未见记载，久居当地的陈氏族人大都语焉不详。几经周折，我终于联系到已经徙居至合洋社的陈志坚老人，在他的引领下前往溪背楼里的通追堂查阅陈氏族谱。据族谱所载，溪背陈氏应为开漳圣王陈元光之后，大约于明朝洪武年间，先祖质忠公背负双亲骸骨，自汀州宁化石壁乡一路跋涉而至古濑，"殆相古溪之形势，即无嫌于城市之嚣尘，复不涉于空山寂寞，殆将望后之为孙曾者士于斯、农于斯、工贾亦于斯，明山秀水，诚堪为百世流芳地耳。"时至清初，乃卜地于溪背修建宗祠通追堂。古濑与溪背仅一溪之隔，均为陈氏世居之地，"古溪"应为古濑与溪背之合称。遗憾的是，编纂于乾隆年间的旧谱并未阐明溪背楼的建筑年代。据陈志坚口述，溪背楼并非陈氏先祖肇建，而为早年世居于此的马氏族人所筑，后马氏举族外迁，所遗留下来的溪背楼逐渐成为陈氏安居生息之所。"通追堂"得以建在溪背楼中，可见其时溪背楼已为陈氏所居住。今崎岭一带已无马姓人家生息，但陈志坚早年曾听其父亲提起，合溪圩原食品站附近至民国时期仍有马姓人家，彼地旧称"马厝巷"，有马姓大户人家"马小姐"在此以经营一家水碓作坊，最多时曾经置有36台水碓帮人舂米，家业不算小，只是解放后"马小姐"不知何因外迁他乡，渐渐不知所终（据上世纪80年代平和县人口普查有关资料显示，平和马姓人口仅存26人）。

陈氏居于溪背生息，世代和睦、人才辈出，据闻其族人有曾参加科举，于殿试被钦点为第五名翰林者，如今通追堂内悬一块落款为"光绪六年庚辰"的匾额"元甲翰苑"是为例证；另有一匾额"皇恩宠赐"，据闻系外省发生洪灾，陈氏富户踊跃捐资捐物而获皇帝赐匾嘉奖。自质忠公于古濑肇基至今，陈氏已繁衍二十余代，后世子孙散居各地，较多者有附近之古濑、山角、合洋诸社，以及崎岭铺、溪头等地，总人口约1500余人；亦有历代徙居海外之族人，近年回乡谒祖者日众，为家乡公益事业做出贡献。

是日，天气晴朗，碧空如洗。在温婉的冬日照耀下，溪背楼东侧残墙弥漫着无声的岁月气息。墙体斑驳，布满了雨水冲涮的疤痕，显得逾加苍老。苍老是必然的，经不住岁月淘洗，昔日筑楼之马氏已难寻其踪，溪背楼能庇护陈姓人家数百年更属难能。行走之间，见着紧挨墙体生长的一株高过屋顶的柿树，因冬日落叶，仅余枝丫伸向空中，与残墙互为映衬，似与溪背楼相依为命，又似暗喻着某种生命的顽强不息。仿佛间，眼前所见之情景，似乎也蕴含了某种禅意。

（《柚都平和》2020-7-20）

在我的认知中，但凡以"寨"为名的闽南村社，莫不曾经有过土楼建筑的存在，其如中寨、湖美寨、新寨、霞寨、平寨、江寨等，这些村社土楼少则一两座，多则五六座乃至十来座，如一朵朵建筑奇葩绽放于闽南大地的丘陵、山峦之间。故此，似乎也可以理解为，在"土楼"这个专有名词出现之前，"寨"亦是土楼这种闽西南特有建筑的一个地方俗称。

顶寨是平和县崎岭乡下辖的一个行政村，十几个村社散布在海拔1300多米的大尖尾北坡谷地，一条旧称"黄竹坑"的小溪流往西汩汩流淌，滋养着顶寨村1000多号人口。站在溪边公路远望，一座外观陈旧、形如城堡的土楼突兀出现于右侧一座小山包之巅，于秋阳映照下尤为显眼。一般土楼要么建于地势低平的河岸谷地，要么建于山脚缓坡开阔处，唯独眼前这座土楼，却依山而筑，独踞小山之巅，让土楼有了居高临下的俯视感，得名顶寨，却是名副其实。

那是一座单元式双环圆形土楼，直径约50米，楼高二层，大门朝向东南，门前由青石条砌成五级台阶，台阶前是个并不十分规整的石埕，边沿则是一条呈"之"字形拾级而下的石蹬道。走上五级台阶，迎面是一个外宽内窄的楔形门洞，整个门洞形成一个宽约3米的纯开放式通道，楼门未装门框、门扇，更无楼名匾额，这与他处土楼多设有坚固厚实的石砌方框拱券门殊不相同。走进门洞，迎面是个铺满河卵石的楼埕，楼埕中间有一座合院式建筑，前院后厅构造，青砖墙面，顶覆灰瓦，马鞍脊门楼朝向土楼门洞而开，门前挂着一副对联"崇山宗岐山支两山叠出别宗支/松木公椒木叔二木成林分公叔"该联为清代道光癸未状元林召棠为林氏宗祠所撰，可见此建筑系林氏宗祠。跨进宗祠，正厅上方挂着一个"绍德堂"匾额。盖因地势高耸的缘故，别处土楼不可或缺的水井，在这里并不存在。扣除门洞不计，整座土楼平面共计28开间，单元进深约11米，各单元相对独立，分为前后两落，前落单层，后落双层，中间以天井相连，后落有斜梯通往二楼，各单元之间未设连廊，此为平和土楼中较常见的独立单元结构。因年久失修，土楼西北侧数单元已坍塌荒废，其余各单元尚且完好，但皆紧闭门户，想来也久无人住。

较为特殊的是，在圆形土楼外围相差约2米处还有一排环形单层平房，将圆楼紧紧抱在怀里，平房地面比圆楼低约0.6米，使得整座顶寨楼呈金字塔形结构。如今外环平房多已圮毁，仅有门洞两侧数间余存。

顶寨楼建于何年难以详细考证，据当地村民家传族谱记载，顶寨林氏系崎岭林氏开基社肇基公派下二房日明公衍裔。日明公三代孙宗隆公于明朝永乐年间年出生于霞厝塘（今崎岭乡南湖村下楼社），因遭遇父母双亡之痛，携子钦育背井离乡寻找十里开外径仔埔栖身繁衍，历经四代单传后，其子孙才"从径仔埔搬迁顶寨墩建大楼及大厦并进，户口弥庶弥增"；又历经百年繁衍，扩展至半岭、三坑仔、高坎、东山自然村，并衍传到南胜和山格等地定居。以此推算，顶寨楼迄今已有数百年历史。

明清时期兴盛于闽西南山区的土楼建筑大都具备抵匪防盗的防御功能，除夯有厚实高耸的楼墙外，亦设有坚实厚重的楼门，缘何眼前所见顶寨楼未设楼门呢？

相传，当年宗隆公自霞厝塘携子徙居径仔埔后，历经四代单传，家族日渐式微，直至其玄孙荣吾公方诞下紫恒、迎禧二子。为繁衍后代以兴盛家业，其子孙延请风水先生堪舆择地，觅得黄竹坑边一小山包突兀临空，四望视野开阔、阳光充足，兼有南风徐来，却是风水上佳的烘炉宝地，若于此筑楼而居，可庇护后世子孙财丁两旺。于是倾尽家财掘地造楼，又遵风水先生所言，土楼不设楼门，有利于藏风聚气，风吹烘炉旺财丁。

楼既筑成，林氏子孙乃自径仔埔举家迁居于此，也许真应了"烘炉宝地"的荫庇，林氏子孙从此人丁兴旺，渐渐成就顶寨墩林氏旺族，后裔除衍传至附近半岭、三坑仔、高坎、东山等村社外，更有大量移居外地者，人口已达数千之众。不唯如此，这里亦人才辈出，近现代以来，即有不少林氏子孙学业有成、出人头地，在各行各业均有建树，其中有黄埔军校高才生，也有平和县第一个北大学子，更有曾经在军、政界、金融界担任要职的优秀人士。出于对家乡的热爱，从这里走向世界的著名旅港爱国人士、金融家与慈善家林广兆先生于2019年为顶寨楼题写了"永利楼"三个大字，使这座传承了数百年的土楼不再无名。

近年来，随着乡村经济不断发展，顶寨楼周边新楼渐起，柚子树郁郁葱葱。北侧高速公路横贯东西，使昔日天堑变成今日通途，山区民众外出不再成为难事。在与时俱进的时代背景下，顶寨村积极响应国务院"关于实施乡村振兴战略"的号召，利用当地山美村社"蔡百万"古民居建筑群的保护与历史文化积淀，结合革命老区红色文化传承开发乡村旅游项目。在这一契机带动下，修葺顶寨土楼、综合治理周边环境，让这座见证了数百年岁月沧桑的土楼以全新面貌展现在世人眼前，与相邻的"蔡百万"古民居建筑群形成一道乡村旅游景观带。

远观顶寨楼，犹如一座威严的城堡雄踞于山头，其居高临下的独特地势构造即已具备极强的防御功能，哪怕不设楼门亦易守难攻，保障楼内居民安然生息。顺着楼前石阶而下，左侧是一排瓦房民居，民居前面有一口楔形池塘，近年经过环境整治，引入有源活水，池水日渐清澈。右侧有一个2米见方的石砌墩台，台上筑有一个小形土地庙，见证着纯朴的民间信仰。复往右行，有一棵参天巨榕，树下密林幽深，浓阴蔽日。耳闻林间有水声潺潺，却是池塘水流经至此，形成一挂小瀑布，无形中增添了一道清幽景致。若得半日清闲，到顶寨楼走走，感受一翻这块烘炉宝地的古朴风韵，或者在巨榕下稍坐歇息，沐着习习凉风，喝一杯甘醇老茶，与纯朴老农聊聊家长里短，不也是一种返璞归真的享受么。

（《柚都平和》2022-11-14）

遇见蔡家堡

人生总会有许许多多的遇见，无论这些遇见是萍水相逢还是刻意追寻。当然并非每种遇见都能刻骨铭心，只是有些纵使谈不上唯美惊艳，却会令人眼前一亮，并留下深刻印象。诚如我所遇见的蔡家堡，虽默默无闻、名不见经传，却不妨碍其在平和县山格镇隆庆村这方沃土上存在了七八百个年头，也令我萌生了深入探究的兴致。

一

遇见蔡家堡，是在一个阳光和煦的冬日。

沿207省道由平和县文峰镇朝山格镇方向行驶，在距离平和六中约100米处左拐进入一条笔直的水泥村道，再往前行进了约1.6公里，扑入眼帘的是一条古旧巷道。弃车穿巷前行，巷道不宽，寂静而幽深，脚踩卵石地面，伴随笃笃步履声的是脑海里不期然响起远古岁月的回音。巷道右侧是砖墙斑驳的民房，或新或旧，或高或低，杂然陈列；左侧是一堵规整绵长的高墙，石砌墙基高过人头，砖垒墙体，墙面分布着大小不一的方形窗格，屋顶高低错落，二、三层不等。举目张望，时不时有蕨草、菅芒自墙基的石块缝隙探出头来，在微风中舒展着修长的腰肢，在暖阳下投映出曼妙的背影，这墙、这巷道便多了几分沧桑的韵味。

前行了百米有余，左边出现一副方形大门，门外搭起脚手架，有匠人在上边忙着修缮维护的活计。猫腰穿过脚手架进入大门，眼前豁然开阔，却是个偌大的庭院，一堵西式风格的旧门楼茕茕孑立。越过门楼，隐于几棵绿树丛中的是修葺一新的隆庆村村址。就在探首间，等候多时的村委会主任蔡炳生快步迎了上来，简单寒暄过后，不厌其烦地当起我们的向导，带着我们边走边聊。

蔡主任介绍，蔡家堡是一处呈东西布局的"U"字形建筑群落，开口朝西，因形如牛蹄，又似农家所用之畚箕，故被当地民众称为"牛蹄城"或"畚箕楼"。与其他土楼、城池不同的是，蔡家堡呈"U"状外观，也意味着西侧城墙呈开口状，未能闭合为一个整体。整处建筑群东西长约170米，南北最宽处130余米，西侧开口约98米，墙体周长合共约750米。南面、北面和东北侧各开一门，门宽1.8米，高约3米，不见门扇，仅存花岗岩条石门框。据蔡主任所言，门楣上方原有题字匾额，名字应为"济阳楼"，今匾额已遗失。因古时建筑有"一门为寨、二门为屯、三门为堡、四门为城"的说法，后人遂称其为"蔡家堡"。环绕城墙一周原有房间共计108间，分别住有108户人家。城堡之内又错落分布着众多民房，沿中轴线更一溜排列着数座历代修建的各房蔡氏宗祠，因年代久远，大多已破落不堪。其中西首一座规模最大，乃蔡氏大宗祖祠"追远堂"，为二进式大厝起庙宇式建筑，建筑面积350余平方米，据悉其前身为隆庆蔡氏三世祖蔡均明大约于元顺帝至正十八年（1358）修建的蔡氏大宗祖祠，迄今已有660年历史，初为芦苇编织墙体，其后历经多次塌毁重建，如今的"追远堂"系于2012年由蔡氏族亲在原址重建，原貌已不复见，惟门前一对石鼓为旧祠遗存。独具特色的是，在"追远堂"宗祠前广场左则有一座卧姿水牛雕像，大抵隐喻蔡家堡所在为"卧牛宝地"。

二

据隆庆当地蔡氏族人考证，蔡家堡的修建时间应早于"追远堂"宗祠。隆庆蔡氏源于龙溪蔡港（今龙海市石码镇下田头），开基祖蔡期远系漳州蔡氏先祖蔡允恭二十一代孙，大约于南宋绍定（1228年），蔡期远一个支系从龙溪蔡港村迁徙至今平和县山格镇隆庆村城内、城外开基，并逐步散居隆庆村各社及铜中村烘里社、平寨村蔡厝社等地，传衍至今人口已达3000余人。唯其可惜的是，由于特殊年代的原因，记录历代传衍脉络的隆庆蔡氏旧族谱已然佚失，对于蔡氏先祖何年何月大兴土木修建如此规模浩大的城堡已无从知晓。后人依先祖开基大约十年后开始建堡推算，蔡家堡建成至今约有近800年历史，经过历朝更迭后，城堡几经兴毁。如今之蔡家堡除墙基仍保持原状外，墙体及房屋已历经多次重修，这从城堡各段风格不一的墙体、屋舍可见一斑。所幸东门一段旧墙体仍保存较好，其上犹存有了望孔和射箭口，可见蔡家堡兼具较强之防御功能。

令人心生疑窦的是，既然蔡家堡具备防御功能，缘何仅有三面城墙，却在西面大开其口呢？原来，早年的隆庆村境内有一座名为"牛路头"的山包，远望隆庆村犹如一头匍匐于水中的水牛，牛路头山是为牛头，蔡家堡所在正是露出水面的牛背，四周被后浪底（花山溪）、新溪坎、田洋河等河汊环绕，尤其西侧更由一条水面宽阔的河道构成防御的天然屏障，故这一侧无须筑城亦难以攻击。相较而言，东侧作为平和主要水路航道的花山溪尚在百米之外，故东、南、北三面城墙之基础均以花岗岩垒砌，宽处厚达数米，临近大门处亦有1.65米厚，在城堡外围又有数排民房作为缓冲，显见坚固异常，易守难攻。不唯如此，蔡家堡更呈内高外低的格局，墙体最高三层，城内地基普遍比城外高出数米。这样格局的优点，在于具有很好的防洪排涝功能，每每河水泛滥，城外成为水乡泽国，城内却能安然无恙，此亦为蔡家堡构造之神奇之处。

从空中俯瞰，蔡家堡境属平和县山格镇，所处为平和东部花山溪冲积平原中心地带，周围一马平川、良田万顷，可算是土地肥沃、物产丰饶的风水宝地。出蔡家堡东门外行不足二百米远，即水流丰沛、被当地人称为"大溪"的平和母亲河花山溪。据当地民众回忆，昔时溪畔有个俗称"渡船头"的码头，是走水路往漳州、厦门一带的必由之地，古时往来州府、京城科考之士子无不于此下水登船。直至上世纪70年代，因花山溪修筑爱武大桥，渡船头码头方被毁坏遗弃。而随着70年代掀起"农业学大寨"高潮，实施"改溪造田"工程，蔡家堡周围河汉或被填堵改道，或被改弯取直而至消失，如今除了花山溪依旧流水滔滔，东、西侧河道已然无踪可循，南面也仅剩下一道小沟渠，昔时水乡之景在经过了历史的拐点之后究竟荡然无存。取而代之的，是一条平整的绕村水泥路，这也是时代变迁的一个写照。

三

俗话说"一方水土养一方人"，在崇尚自然、随遇而安的农耕时代，肥沃的土地，为勤勉质朴的蔡家堡人提供了相对稳定的生活保障。他们在这片土地上繁衍生息，早年以耕种水稻、种植荔枝为生，近年又着力发展蜜柚、青枣、大棚蔬菜等种植业，在时代的变迁中与时俱进，从未放慢前行的步伐。这与蔡家堡人顽强坚韧、不轻易服输的秉性息息相关。而在从事劳作之余，他们又不忘耕读传家的传统。据了解，隆庆蔡氏一向重视文化教育，其宗祠"追远堂"前面曾竖有三个石旗杆基座，即是古代蔡氏族人科举获取功名的见证；近代更有民国时期的地方贤达蔡文辉（蔡文镭），于民国28年（1939）1月创办了私立灿辉小学，后又于民国30年（1941）改办私立灿辉初级农业职业学校（今平和六中前身），成为民国时期平和县教育界的一面旗帜；解放后至今，蔡家堡又贤才迭出，培养了一批批优秀学子，其中不乏北大、清华硕士、博士英才，成为蔡氏子孙的楷模。

闽南人素有虔诚的敬畏心，有闽南人居住的地方，毫无例外有着民间信仰的传承。就在蔡家堡东南隅约50米远处，有一座供奉"王爹元帅"的寺庙绍庆堂。据当地一位喜好文史的退休干部蔡汉以先生考证，"王爹元帅"疑为南宋最后一位皇帝宋怀宗赵昺的部属将领。当年左丞相陆秀夫背负年仅8岁的赵昺在崖山跳海而殁后，这位将领带着一队人马至隆庆村避世而居，以一阶平民身份，办学堂开武馆，教化蔡氏子弟，兼又行医济世。念其为当地百姓做了许多善事，死后被蔡氏后世尊为神祇，又因其曾为帝王部将，故称"王爹元帅"而祭祀于蔡氏大宗祖祠。后于明洪武五年建庙绍庆堂专事供奉。每年正月初五日，隆庆村都要举行盛大的王爹元帅巡游行香活动。有意思的是，巡游结束归庙前，均由几个壮汉抬着神像到花山溪里游走一圈，名为"走水尪"或"洗水尪"，与平和县国强乡候卿庵的"走水尪"习俗有异曲同工之妙；唯其不同的是，神像出水上岸后进殿前，依例会有民众争着上前摸"王爹元帅"的胡须，而抬神像者则极力闪避，据言若有谁能摸到，则会好运当头、财源滚滚。

四

在环绕着蔡家堡的巷道漫步，仿佛走进了一个具有浓郁原乡韵味的乡间小镇。白云苍狗，时光荏苒，在历经800载岁月淘洗后，蔡家堡建筑的残破与沧桑是必然的。值得庆幸的是，当乡村经济发展提速，人们生活水平日渐提高后，对这份弥足珍贵的祖宗基业进行重新修缮维护，终于被隆庆蔡氏族亲提上了议事日程。由隆庆村委会牵头、旅外成功人士蔡志荣创办的上海金牌汇设计院担纲设计的隆庆村美丽乡村规划项目已在紧张施工中。这一举措的实施，无疑将给隆庆村的面貌带来一次跨越式的提升，也必将令蔡家堡的历史人文底蕴得到一个绽放的平台。

徜徉蔡家堡，但见城墙内外一派繁忙，城堡修缮保护工作正有序开展。就在村委会主任蔡炳生家中，我有幸看到一张隆庆美丽乡村的规划图，在修复古城墙的基础上，融入了"宗祠一条街""文化广场""休闲广场"等功能区域，做到功能定位明确，区域布局合理，设计理念新颖。蔡家堡不但有古朴的城堡建筑、独特的宗祠文化，更有纯朴的民间信仰传承，这些无疑是开发美丽乡村旅游项目的上好资源。本着修旧如旧，既恢复原貌、又融合现代元素的原则，一个古色古香、具有无限历史纵深感的闽南乡村美丽画卷即将呈现在人们眼前。

我想，当我有机会再次遇见蔡家堡时，得到的或许会是另一种洗尽铅华的惊喜。

（《闽南风》2018年2月号）

时值立冬。寒潮未至，闽南大地碧空如洗、炎阳高挂，正是偕友同游的好时光。适逢一位多年未见的老同学家乡举行冬祭活动，于是有了相约前往凑热闹的借口，顺道瞅瞅那座耳闻已久的残旧土楼。

土楼就在平和县五寨乡寨河村，一个地处闽南山区犄角旮旯的偏远村落，距五寨乡政府所在尚有数里路程。好在沿途都是近几年新铺设的水泥村道，虽曲折而不难行走。路的尽处，错落生长着十数棵参天树木，右侧的树挺拔高耸，不知其名；左侧是一棵歪脖子大榕树，树下有个孩童阅读的雕像，在树影婆娑中乍一看去就是个穿越时空的古代儒童。越过树林，一堵突兀而现的高大土墙遮蔽了视线。不必旁人介绍，想来这堵色调苍黄的斑驳土墙就是土楼的正立面了。说是土墙，大抵源于年代亘久，使其早早谢了顶、秃了头，顶部片瓦无存，只留下镌满岁月履痕的高大墙体。墙的正中大门洞开，顶上石砌门楣空无只字，两侧亦无楹联镶嵌，这有别于他邑的土楼——造出如此工程浩大、荫庇后代的建筑，谁不想给它起个大气磅礴的好名字呢？

踏着脚下的青石台阶，缓步走进楼门，眼前豁然亮堂起来，周遭由那堵高约10米、自门洞两侧延伸出去的土墙环抱成一个弧形的偌大庭院。午后的阳光下泻，院内半是土墙倒影，半是泛着光晕的石礅、石磨等旧时器物，透出一股岁月沧桑的韵味。院内中庭又有一堵比外墙高过数米的方形楼体独立其间，使整座土楼呈内高外低、楼中有楼的复式重楼格局。由墙上遗存的檐梁榫洞可知，外楼三层，内楼四层。内楼只开一门，楼顶亦了无踪迹，现犹存四面秃墙，楼内石砌地基可辨昔日各单元房间结构形状；外楼除了西侧仍存十数间房屋外，其余北、东、南各段皆仅有外墙残存，内部各单元房间早已坍塌拆毁，唯有或大或小的地基石尚存。站在院内仰望，墙体上孔洞密布，或为采光窗户，或为通风孔，或为檐梁榫洞，墙面大都未经粉刷，仅个别单元曾以白灰抹平，如今屋舍不见，只剩残墙处处斑驳，足见饱经岁月销蚀。

据当地统计资料显示，这座无名的城堡占地面积近6000平方米，外楼计有120个开间，内楼亦有十几个开间，堪称土楼族群中的"巨无霸"了。然而观之闽西南土楼，不外乎圆形、方形两种，门楣上大都勒有楼名，或昭示楼主文韬武略、功名富贵，或隐喻其祖脉源流、血缘派系。唯见此楼，非但无楼名碑记，且外楼状呈方形圆角（或近似于椭圆状），内楼方正端庄，与别处土楼浑然不同；更为奇特的是，一般土楼只开一门供人进出，此楼却分别于西北侧、东侧各开一门，其中西北侧为正大门，朝向与闽南传统房屋的坐落朝向又不相同；此外，城楼东南西北各向外侧更分别设有一段向外突出数米的墙体，类似于古代城墙的"马面"，其上留有多个便于观察瞭望、抵抗外匪入侵的瞭望口和射孔，这也是普通土楼所没有的，使其具备了极强的防御功能。这样的建筑特点与其说是土楼，倒更像一座缩小版的城堡。据了解，五寨之名来源于旧时彼地建有高寨、罗寨、军寨、郭寨、鼠寨五个"贼寨"。贼寨即山贼盘踞之所，众多的山贼盘踞出没，可见彼地治安之乱、民心难安，建一座具备强大防御功能的城堡，也便顺理成章。

这般规模宏大的一座城堡，到底建于哪个年代，由何人所建，当地族谱史料并无记载，民间流传下来的说法也莫衷一是。有人观其建筑风格与漳浦赵家堡有诸多相似之处，从而推断为南宋皇族赵氏后裔所建，楼无名寓意隐世避祸，大门朝北寓意心系北方故土。此推断固然有一定道理，然而赵家堡规模远比寨河城堡宏大，却并不避讳楼名（如"完璧楼"就隐喻"完璧归赵"之意）；而从楼城上抵御外匪设置的诸多射孔、瞭望口来看，此楼的建造年代似乎不应早于明清时期（宋元时期尚处于冷兵器时代，而该楼的射孔明显是为火枪射击而设计的），此时距宋王朝灭亡已数百年，又何来隐世避祸之说？亦有人将此楼与一代帝师、漳浦人氏蔡新扯上关系，相传其母为寨河人氏，蔡新幼时曾做客外婆家，在城堡内秉烛夜读（榕树下的雕塑即为"蔡新夜读"），最终斩获功名。带着疑问，我又在城堡西侧意外邂逅了一位年近九秩的庄姓老者。在攀谈中，庄姓老者又言之凿凿地提到该楼是庄氏祖上建造的："我们习惯叫它'旧楼'，是本家老祖宗在清朝建造的，具体年份虽然没有记载，但当时庄姓人丁最旺的时候有好几百口人，到我懂事时内楼已经没住人了，只关着各家的耕牛，外楼倒是还有70多号人口住着。"庄姓老者介绍道，"怎么只有70多号人口呢？那年月兵荒马乱，男人都被'白军仔'抓壮丁了，没几个能活着回来。"忆起半个多世纪前的旧事，庄姓老者神情有些落寞。"我20岁那年还亲眼看见过'白军仔'前来打'红军'，村里人扣紧大门，将'红军'保护在楼里，好在这楼修得坚固，'白军仔'攻了三天三夜无法进楼，只好灰溜溜撤走了。"说到这件事，庄姓老者又显得颇为自豪。

其实，无名城堡到底由谁建造并不重要，每座土楼都会有属于自己的一些典故或者传说，无论这些典故或传说是真是假，都足以令后人追思缅怀，成为不可多得的人文遗产。我在这座略显空旷的无名城堡中徜徉盘桓，久久不肯离去——仿佛犹有人在井边汲水洗刷，在石埕上晾晒谷物，在墙根处推磨碾米、舂打糍粑；老人在门口摆张方桌泡茶纳凉、哼唱芗音小调，孩童在一边追逐嬉戏，伴有鸡犬之声不绝于耳…，一派安乐祥和的农家生活场景，于眼前递次显现。

思绪的镜头由往昔渐渐拉回现实，院内青石铺就的地面开阔平坦，两口深深的水井依然可照人影。推开残存的房屋门扉，举步上楼，楼上瓦砾成堆，坛罐破败，旧时人家生活的痕迹依稀可辨；由洞开的窗户朝下俯视，院内独成世界，石埕上芳草青青，内楼空地一棵耐不住寂寞的皂角树伸长了枝丫，跨过十几米高的楼墙与外边的树木互为攀谈，诉说着历史的沧桑和对外面世界的向往。

城堡历经朝代更迭、时代变迁之后日渐式微，曾经居住在城堡内的人们终于摆脱贫困，纷纷在周遭筑起崭新楼房。他们致富不忘本，在当地政府的引导下，他们开始对城堡进行保护修缮，为外墙重新固顶添瓦，又在仅存的房间内设置了克拉克瓷、土楼书画等展室，并对寨河村的环境进行综合整治，修筑了公园、球场、休闲步道，更在城堡北侧的寨河水库打造水上乐园，与附近的洞口陂沟克拉克瓷遗址串起一条"有山有水有底蕴、古窑城堡皆人文"的特色乡村旅游带，成为建设寨河富美乡村的示范点。日子越过越红火，这也是无名城堡所荫庇的后人之福，今日新农村之幸。

（《闽南日报》2016-4-20）

一

在我的童年记忆中，土楼既熟悉又陌生。说熟悉，是因为我打小生活在闽南山区，土楼随处可见，况且有几个远房亲戚就住在土楼里；说到对它的陌生，则因为自己并非土楼人家，更不曾在土楼长期生活过，虽然孩提时也曾跟着家中长辈到土楼走亲戚，偶尔还在里边住过一两个夜晚，彼时的情景应该是在四十多年前，土楼内给我留下的印象就是人多热闹，有的单元甚至挤住了两三户人家，又要养猪、养兔、养鸡鸭，人畜混杂，屋内空气浑浊、空间特别逼仄，那种体验感实在谈不上有多美好。

当然无论熟悉抑或陌生，土楼都已深深烙印在了我的脑海里，挥之不去。2008年，福建土楼被列入《世界文化遗产名录》，这是令人欢欣鼓舞的大喜事。令人遗憾的是，拥有众多土楼的平和县并没有被纳入其中，身为平和人心里难免失落。没被纳入，并不意味着平和的土楼就平淡无奇，就不如别处的土楼值得去留意关注。平和土楼历史悠久，历代史志多以"土堡"载之，康熙版《平和县志》记载，"和邑环山而处，伏莽多虞，居民非土堡无以防卫，故土堡之多不可胜记。"该版县志所列即有土堡超过137处，可见许多土楼在康熙以前便已存在过。后世数百年来，有些旧土楼圮毁了，又有些新土楼陆续出现，其后又因平和县疆域变化，部分土楼所在地划归他县管辖，土楼数量增减变动较大。据统计，至今平和境内有址可查的土楼有530余座，其中大多数或坍毁、或残破不堪，能够保存完好者不过百数十座。这些土楼不但从外观造型、规模体量还是内部建筑风格，都显得极有特色、丰富多彩，而且许多土楼拥有深厚的文化底蕴，是别处土楼难以比拟的。

二

就我所踏访过的这些平和土楼来看，大抵具有以下一些主要特征：

这些土楼种类繁多，有纯圆楼、椭圆楼，有方形方角楼、方形圆角楼，也有马蹄楼、筲箕楼以及前方后圆的D字形楼，还有大方楼套小方楼或大圆楼套小方楼的楼中楼，以及楼外套楼围的八卦状楼，更有非圆非方的不规则异形楼等等。这些外观不同的土楼分布不一，有的同一个地方出现多种形状土楼，如崎岭乡南湖村的祥和楼、南溪楼均为纯圆楼，而相邻的玉梅楼则为筲箕楼，另一座玉楼春又是大方楼套小方楼；芦溪镇东槐村的科山土楼群，则是圆楼、方楼、方楼、椭圆楼依次排列；还有小溪镇内林村现存4座土楼中，玉璧增辉楼和拱西楼为方形圆角楼，植德楼和文山楼又是方形方角楼，两两成双，互为映衬。在地理位置分布上，差别也十分大，如大隐于市的延安楼，就处在县城中心地带，与县政府直线距离不过百米远；而最偏远的望云楼，却是在海拔600多米的深山里，离最近的长乐乡政府还有13公里路程，往西边几百米远就是广东地界，遥想当年，曾萼携家带口至此拓基，过程何其艰辛。

内部建筑风格上，主要有单环楼和双环楼两种，单环楼为一进式，单元内无采光天井，通常高两层；双环楼则为二进一天井，一般前落单层，后落两层或三层，以三层居多，也有高达四层者，前后落中间隔一采光天井；个别土楼则为三环楼，也即三进两天井，前落、中落单层，后落三层，如芦溪镇芦丰村的丰作厥宁楼、九峰镇黄田村的龙见楼，二者有异曲同工之妙。在建筑材料上，这些土楼以生土夯筑墙体居多，也有部分用混有石灰、红糖、糯米浆等材料的"三合土"，少数则为青砖墙面，位于小溪镇内林村的玉璧增辉楼则三面墙皆为红砖墙体，楼顶更覆以红瓦，显得尤为特别。而崎岭乡溪头村的恒升合璧楼，则是纯粹的红砖墙体，体现了传统与现代相结合的建筑工艺。

考究土楼的建造年份，主要依据三个方面：楼名匾额题刻、族谱记载以及土楼后人的口头揣测。这三个方面，当以楼名匾额题刻的可信度最高，因为是建楼时就刻下了的，一般不太可能出现大的偏差；族谱记载有一定的可信度，但有些族谱资料系后辈追溯补录，若跨越年代久远，亦有可能存在错漏疏失；而土楼后人的口口相传，则不尽可信。就楼名匾额来看，小溪镇新桥村的延安楼建于明朝万历癸未年（1583年），被视为平和县内有确切载明建造年份最早的一座土楼，比华安县的齐云楼（建于万历十八年）还要早7年；最晚的匾额题刻，应该是建于"民国丙子年（1936年）春月"的聚奎楼。其余楼名匾额有载明建造年份的土楼以清朝年间居多。而未见楼名匾额题刻，仅从族谱有踪可循年代较早的土楼，则有崎岭乡时坑村的凤山楼，族谱记载系时坑林氏开基祖宗茂公"及壮，即于承卿大厦恢复祖居"，宗茂公所处大约为明朝宣德至正德年间，故此推测凤山楼约有五六百年历史；而崎岭乡南湖村的玉楼春，据当地人考证建成于明嘉靖四十五年（1566），迄今近460年；至于凭借后人口头揣测的土楼建造年份，则有山格镇隆庆村的蔡家堡，后人依先祖开基大约十年后开始建堡推算，蔡家堡建成至今约有近800年历史；而崎岭乡新南村的南山楼，当地人甚至从屋顶发现一块雕有"大宋元年"字样的砖头推测该楼建于宋朝，显然有些离谱了。当然，楼名匾额未载明年份，但建造年代较晚的土楼，则有崎岭乡合溪村的解放楼大约建成于1956年；国强乡白叶村的玉明楼虽始建于乾隆末年，但直至1967才真正成楼，前后跨越近200年；而崎岭乡溪头村的恒升合璧楼，则是在乾隆甲戌年（1754年）建造的旧楼基础上重新修建，于2009年落成的一座"崭新土楼"，可算是最年轻的土楼了。

三

土楼离不开人文。在平和县境内，许多土楼都嵌有楼名匾额，这些匾额大都是雕凿精美的花岗岩质地，显得端庄古朴，无形中提升了整座土楼的品级档次。更难得的是，有不少楼名出自名家手笔，如坂仔镇五星村的贵阳楼系由曾任文华殿大学士、吏部尚书的"蔡相爷"蔡新题写楼名并撰写楼联；九峰镇黄田村的咏春楼由吏部左侍郎谭尚忠题写楼名；有些匾额虽未注明题写者，但据考证亦来自名家手笔，如秀峰乡福塘村的聚奎楼，即由清末闽南书法大家黄惠亲笔丹书楼名并撰写楼联；小溪镇新桥村的延安楼楼名笔迹，据推测源自曾于万历、天启年间两度出任内阁首辅的叶向高。这些楼名题写者往往与建楼者有所交集，如谭尚忠与咏春楼倡建者曾尊是同科进士，又在仕途上有所交集（曾尊任信宜知县时，谭尚忠在高廉道任职，信宜归属高廉道所辖），两人私交甚密；而叶向高则跟延安楼的张惟方同登万历癸未进士榜，与同科榜眼李廷机并称"福建三君子";一代名相蔡新能为贵阳楼题名撰联,则据说蔡新与贵阳楼肇基者属甥舅关系。另外,也有一些土楼请当时执政平和的官员题写楼名,如霞寨镇大坪的奎璧联辉楼,即由时任平和知县胡善举题写;长乐乡的福善楼,则由时任平和劝学所所长、后曾任平和县知事的朱念祖题写楼名并撰写楼联。这些名字题撰的楼名楼联,无疑为土楼增添了厚重的历史文化底蕴。

有些土楼虽相距甚远,却有着丝丝缕缕的关系。如崎岭祥和楼的曾文粹,大老远跑到坂仔为环溪楼题撰楼名楼联,只因环溪楼修建者宽和、宗慧两兄弟的父亲林世文与曾文粹是同科举人,两人关系莫逆;芦溪的丰作厥宁楼在规模、结构样式上与九峰黄田的龙见楼大同小异,据说主持建楼工程的是同一个师傅;而九峰黄田的咏春楼与长乐农山村的望云楼,更是同为"水进士"曾蕚所建。另外,芦溪东槐的科山土楼群中,毓秀楼、聚德楼与溪春楼的肇建者更是父子、兄弟关系,这在土楼族群里是非常少见的。

当然,有些土楼的人文传说也不尽可信。例如崎岭乡下石村的到凤楼,楼前立有一块石碑,所刻文字为"石栋故居,大清咸丰三年(公元一八五三年)石栋擢升为闽浙陆路提督,官居三品,出生于到凤楼正中屋,特予志铭。"查阅道光版《平和县志》,其中对石栋的介绍是"以祖父琳阵亡,世袭恩骑尉,现任将乐营千总。"这里的"祖父琳"应为曾官至两广总督的石琳(康熙四十一年卒于任上,《清史稿·列传六十三》载,"石琳,汉军正白旗人,石廷柱第四子。")。那么至少有两点可疑,其一,石琳既为石栋祖父,缘何祖孙两人所处年代差了一百多年?其二,石琳乃是正儿八经的汉军正白旗人,为何其孙石栋会出生在闽南山旮旯里的下石村到凤楼?再如九峰镇黄田村的咏春楼,很多宣传文字里都说是曾萼"辞官归建"的，又说为其题写楼名的是"吏部尚书"谭尚忠。实则1770年修筑咏春楼之时，曾萼正在信宜知县任上（1770年下半年升任广州府海防同知，1774年自梅州知府任上致仕归养），而为其题写楼名的谭尚忠恰在广东高廉道任职，直至最后退休也才官至吏部左侍郎（从二品），与传说中的吏部尚书（从一品）还有两个品级的差距。另外，在坂仔镇五星村贵阳楼的传说中，有提到贵阳楼的修建者是蔡新的舅舅，但据了解蔡新母亲姓林而非姓赖，同时在五寨乡寨河城堡中，又有传闻蔡新母亲系寨河人氏，蔡新幼时曾做客外婆家，在寨河城堡秉烛夜读。因此有关这些传说也是真真假假，姑妄听之，不必尽信。

四

常在土楼间行走盘桓，面对这些经受亘古岁月洗礼的宏大建筑，时有惊喜，时有感叹，更多的是对先民智慧与顽强品格的由衷敬仰。可以说，土楼是特定历史时期出现的一种民居建筑。兵荒马乱的岁月里，先民为了逃避战火，携家带口自北而南，一路跋山涉水，历经千辛万苦抵达闽西南山区，他们逐水而居，靠山吃饭，稍稍安定之后，便觅得风水宝地，垒石为基，夯土成墙，构筑起一座座聚族而居、抵匪防盗的天然屏障。土楼的出现，既体现了先民朴实勤恳、不畏艰辛，敢于战天斗地的顽强品格，也为族裔筑下了世代安居的基业，留下了珍贵的宗族文化传承。

平和土楼何其多，有着深厚历史文化底蕴的土楼亦不在少数，我因此萌生了书写100座平和土楼文字的念头，没有利益驱动，纯属兴趣使然。只是想着容易做来难，这些土楼大都分散于各乡镇，有些极为偏远且道路难行，如果没有实地踏访了解，我是不敢仅凭道听途说便落笔行文的。但因平常耽于日常工作事务，只能见缝插针地挤出一些零碎时间实地踏访，效率难免低下，进度亦无法把控，至今距离功成尚且路途遥远。在这个过程中，要特别感谢我的好友文宜兄，他是我三十年前在平和化工厂的老同事，为人敦厚朴实，乐于助人，对平和的每一个乡镇几乎都熟门熟路，都能找到相熟的人。他退休后长住漳州市区，但只要我一得空，他便二话不说陪我一起奔走乡间，为我了解土楼历史、挖掘土楼背后的故事与文化提供了极大便利。